FALLING

#2 Alice

J.S. COOPER

FALLING

#2 Alice

Traduit de l'anglais
par Anne Confuron

EDITIONS PRISMA

Titre de l'édition originale :
FALLING FOR MY BEST FRIEND'S BROTHER

Responsable éditoriale : Ambre Rouvière
Éditeur : Nicolas Rabeau
Composition : Nord Compo Multimedia
Conception graphique de la couverture : Chloé Sadoun
Photographie de couverture : © Sakkmesterke/Shutterstock

ISBN : 978-2-8104-1800-8

Prologue

Un conseil : ne tombez jamais amoureuse du frère de votre meilleure amie. Ne succombez pas à son sourire enfantin ou ses magnifiques yeux bleus. Ne craquez pas pour ses biceps saillants et son petit air satisfait. C'est dangereux. Croyez-en mon expérience. Je m'appelle Alice et je suis follement amoureuse d'Aiden, le frère de ma meilleure amie Liv. Il possède toutes les qualités que je recherche chez un homme, mis à part son côté trop protecteur, agaçant et… son charme dévastateur !

Aiden Taylor est l'homme de mes rêves, et pourtant je ne l'aurai jamais. Je ne peux pas sortir avec lui au risque de voir tout s'effondrer ensuite : Liv est ma meilleure amie, elle est comme ma sœur. Si je sortais avec Aiden et que cela ne marchait pas, cela pourrait gâcher notre amitié. Et puis, j'ai peur de ce qui se passerait si la vérité éclatait. Il y a des secrets sur Aiden et moi que personne ne connaît. Des secrets qu'aucun de nous ne veut voir exposés au grand jour.

Il arrive pourtant qu'un secret doive être révélé. Parfois, c'est le secret qui pose problème. Parfois, c'est vous.

1.

Ne suivez jamais vos propres conseils

– Alice, tu dois apprendre à t'écouter.

Liv me lance un regard en changeant la chaîne de la télévision. Ses yeux de biche me défient. Je connais bien ce regard. C'est normal, c'est moi qui le lui ai appris.

– C'est quoi, ce conseil ?

Je prends le bol de pop-corn sur la table du salon avant de me rasseoir. J'envoie les grains en l'air pour les happer, et me régale de leur douceur amère en attendant qu'elle prononce les mots que je redoute d'entendre.

– Il faut que tu aies une aventure d'un soir avec Aiden. Et épargne-moi tes lamentations.

Elle attrape du pop-corn, puis s'assied dans le canapé en cuir beige flambant neuf que nous venons d'acheter.

– Fais attention quand tu manges, je lui lance d'un ton ferme. Je ne veux pas voir des traces de gras sur le nouveau canapé. (Je ris à sa grimace.) Et non, je n'envisage pas d'avoir une aventure d'un soir avec ton frère.

Je regarde fixement l'écran de la télévision tandis que mon cœur s'emballe. Je ne vais pas raconter d'histoire, je rêve de coucher avec Aiden depuis des années (et quand je dis coucher, je pense à tout sauf à dormir). Mais il m'a toujours considérée uniquement comme la meilleure amie de sa petite sœur. Et même ainsi, je ne pense pas qu'il m'ait vraiment porté beaucoup d'attention. Enfin, ce n'est pas tout à fait exact. Il y a eu une nuit durant laquelle il m'a vue autrement que cette « pauvre petite Alice ». Une nuit où il m'a regardée comme une femme. Mais je ne vais pas parler de cela.

– Je ne pensais pas non plus avoir une aventure d'un soir, mais pourtant, cela m'est arrivé et regarde où j'en suis aujourd'hui.

Liv coupe le son de la télévision et se tourne vers moi. Elle a lâché ses longs cheveux bruns et enroule une mèche autour de son doigt.

– Qui aurait pu penser que Xander et moi nous serions… ?

– Ouais, ouais, je vois, l'interromps-je.

Je ne suis vraiment pas d'humeur à l'entendre me raconter combien sa relation avec Xander, son petit ami, est merveilleuse. Xander James est beau, sexy, riche et soi-disant un bon coup – il est particulièrement doué avec sa langue. J'ai beaucoup entendu parler de lui au cours de ces derniers mois, et je ne sais vraiment pas comment un mec peut être aussi parfait. Je suis heureuse pour Liv, après tout c'est ma meilleure amie, mais pour être honnête, je suis aussi un peu envieuse. Je voudrais un type qui me fasse tourner la tête et tombe follement amoureux de moi. Un type qui me regarderait comme si j'étais la seule femme sur terre. Pour le moment, je trouve des hommes qui me regardent comme un morceau de viande en promotion ou un spectacle gratuit. « Salut, je ne suis pas ta strip-teaseuse personnelle (à moins que tu ne laisses des milliers de dollars et que tu ne t'attendes pas à pouvoir me toucher) et non, je ne vais pas (encore) revêtir pour toi mon déguisement de sirène de la fac. » Le fait est que Liv a gagné le gros lot avec Xander tandis que moi je racle le fond du panier.

– Je t'ennuie avec mes histoires ?

Ses yeux marron reflètent la crainte de Liv de se comporter comme cette amie que tout le monde déteste : celle qui tombe amoureuse, qui trouve l'homme de sa vie, et ne peut s'empêcher d'en parler sans arrêt. En général, cela ne me dérange pas. Mais je ne veux pas qu'elle évoque Aiden alors qu'elle parle de sa vie amoureuse. Tout simplement parce que j'ai envie de lui depuis des années.

– Pas du tout, dis-je dans un grand sourire, alors que tout mon être lui crie que oui, elle m'ennuie !

Personne ne veut entendre parler chaque jour de la semaine de l'amant parfait de sa meilleure amie. Mais je suppose que je suis injuste car Xander est vraiment loin d'être parfait. Je souris avec ironie en repensant à leur relation.

– Pourquoi est-ce que tu souris ? Serais-tu en train de me cacher quelque chose, Alice ?, me demande-t-elle en s'approchant de moi.

– Peut-être.

J'éclate de rire tandis qu'elle me regarde fixement, l'air perplexe, et je le regrette dès que je vois l'inquiétude sur son visage. Elle commence à se sentir mal et à se poser des questions. C'est l'une de ses plus grandes faiblesses, mais c'est aussi pour cela que je l'aime : elle est trop sensible. Elle garde en elle toutes ses émotions et a toujours peur de faire de la peine à quelqu'un.

– Je plaisante, Liv. Je suis heureuse pour toi et Xander. Tu mérites de trouver l'amour, je la rassure en lui attrapant le bras.

– C'est gentil. Mais je veux que toi aussi tu le trouves. Je veux sincèrement que tu sois aussi heureuse que moi.

– Je rencontrerai bientôt quelqu'un. Écoute, nous pouvons sortir demain soir si tu es dispo. On ne sait jamais, je pourrais tomber sur un type bien.

– Xander ne veut plus que j'aille en boîte de nuit avec toi, lâche-t-elle avant de le regretter aussitôt.

– Ne me dis pas que tu laisses Xander te dicter ta conduite ?

Comment ose-t-il lui interdire de sortir avec moi ? Est-ce que j'ai une mauvaise influence ?

– Bien sûr que non, répond-elle dans un ricanement gêné. On n'a qu'à ne rien dire.

– Tu vas lui mentir ? Si tu lui mens et qu'il s'en rend compte, il va me détester.

– Non, bien sûr que non. Je vais simplement ne pas préciser où nous allons.

– Vraiment ? (Ses yeux brillent de malice.) Je ne suis pas sûre de te croire, Liv. Tu vas tout raconter à Xander qui va s'empresser de le répéter à Aiden, cela va se terminer en troisième guerre mondiale dans la boîte et nous ne pourrons plus jamais y retourner.

– Appelle-le, je t'en supplie.

– Hors de question. Je vais chercher de la glace. Tu veux quelque chose ?

– Non. (Elle bondit du canapé.) Pourquoi tu ne l'appelles pas ? C'est complètement débile. Explique-lui que tu ne voulais pas embrasser Scott.

– N'insiste pas.

Je rougis au souvenir du regard d'Aiden lorsque j'ai embrassé son frère, il y a quelques mois de cela. Il a semblé choqué et je me suis sentie mal lorsque nos regards se sont croisés. Je n'ai vraiment pas eu de chance. Je n'ai même pas voulu embrasser Scott, mais je l'ai laissé faire, histoire de voir s'il se produisait une étincelle. Je voulais expliquer à Aiden que c'était une erreur, mais j'avais trop honte pour lui dire quoi que ce soit. Surtout étant donné notre histoire passée ensemble.

– Alice…, soupire Liv en faisant la moue.

– Ne me bombarde pas de « Alice », Liv, je la stoppe, d'un ton agacé. À ma place, tu n'appellerais pas non plus.

– Peut-être que non.

Nous restons silencieuses un moment, quand son téléphone sonne.

– Réponds, dis-je en m'éloignant, ton épouvantable prince charmant t'attend.

– Il n'est pas épouvantable ! Bon, d'accord, j'admets qu'il peut être légèrement horripilant. (Elle décroche.) Salut, murmure-t-elle d'une voix suave.

Je me dépêche de regagner ma chambre.

Je m'installe sur mon lit avec mon ordinateur, me connecte sur Facebook. Je tape « Aiden Taylor » et me fige lorsque des photographies inconnues apparaissent sur l'écran. Aiden m'aurait-il retirée de sa liste d'amis ? Je navigue sur la page, le cœur battant. En fait, j'ai tapé « Tyler » au lieu de « Taylor ». Ouf ! Je retrouve la photographie familière d'Aiden sur l'écran. Je clique sur ses photos pour voir s'il y en a de nouvelles et mon cœur se serre : une fille répondant au nom de Elizabeth Jeffries a laissé ce commentaire : « J'ai vraiment hâte de te voir ce week-end. » Je clique sur son nom, mais son profil est privé et je ne peux rien voir d'autre.

Qui est donc Elizabeth Jeffries ? Est-ce que c'est sa petite amie ? Est-ce qu'il l'aime ? Grr ! Les questions se bousculent dans ma tête tandis que je sens mon estomac se nouer. Je tape son nom sur Google. C'est ce que je déteste, mais que j'aime aussi avec Internet. C'est vraiment facile de traquer – je veux dire « rechercher » – les gens, mais on peut me traquer, moi, tout aussi facilement. Lorsqu'on tape « Alice Waldron » sur Google, il apparaît une photo – que je n'assume pas du tout – que j'avais présentée lors d'un concours pour maigrir sur un site Internet de perte de poids avec mon objectif (que je n'avais pas atteint). Je ne suis pas fière non plus de mes commentaires, visibles par tous les internautes, sur le blog consacré aux potins des stars qui notent différentes vedettes d'Hollywood. J'ai contacté Google et je leur ai demandé d'enlever ces sites de la recherche, mais ils n'ont pas réagi.

– Qu'est-ce que tu fais ?

Liv est entrée dans ma chambre avec deux tee-shirts dans les mains.

– Une recherche.

Est-ce que je dois lui demander qui est Elizabeth Jeffries ?

– Sur quoi ?, demande-t-elle en s'écroulant sur mon lit.

Je tourne l'ordinateur pour qu'elle ne puisse pas voir l'écran. C'est une chose d'être un traqueur, mais c'en est une autre d'être pris en train de traquer. Surtout lorsque cela implique le frère de votre meilleure amie.

– Du travail, dis-je en évitant son regard.

– Qu'est-ce que tu dois chercher pour le travail ?, poursuit-elle, d'un ton suspicieux.

C'est vrai que l'argument n'est pas vraiment crédible. Je suis assistante dans une agence immobilière. Je n'ai pas grand-chose à faire au bureau, et encore moins à la maison.

– Tu es de la police ?

– Ok ! Alors, qu'est-ce qu'a fait Aiden ces derniers temps ? Je ne suis pas idiote, Alice. Je me doute que ta recherche concerne mon grand frère. Tu n'as jamais eu de recherche à faire pour ton travail.

– Trahie par mon boulot facile ! (Je tends mon ordinateur à Liv en riant.) Connaîtrais-tu Elizabeth Jeffries par hasard ?

– Elizabeth qui ?

– J'en déduis que non, hélas. Est-ce que tu sais si Aiden voit quelqu'un ?

– Pas que je sache. Pourquoi ? Il a une relation sur Facebook ?

– Pas exactement. Mais cette putain d'Elizabeth fait des commentaires sur son mur.

– Quoi ? Une pute ?, s'étonne Liv en regardant mon ordinateur pour voir de quoi je parle.

– Euh… Je ne sais pas si c'est réellement une pute, je bredouille en regrettant d'avoir utilisé ce terme.

– Tu m'embrouilles. Mon frère voit une pute ou non ?

– Oh, bon sang, Liv. J'étais en train de regarder le profil d'Aiden sur Facebook et j'ai vu une fille répondant au nom d'Elizabeth qui avait fait un commentaire sur son mur disant qu'elle n'en pouvait plus d'attendre ce week-end pour le voir. Je l'ai traitée de putain parce que je suis jalouse et que *je* veux le voir ce week-end. Et si tu n'avais pas la tête ailleurs, tu aurais compris de quoi je parlais.

– Ah, d'accord ! Ce n'est pas une prostituée au sens propre, mais c'en est une parce qu'elle court après ton mec.

– Je préfère mon explication, la tienne me fait ressembler à une psychopathe. Et puis, elle ne court pas après mon mec, pour la simple raison que ce n'est pas mon mec.

– Alice, tu m'embrouilles complètement.

– C'est toi qui m'embrouilles. Bon, alors, tu la connais oui ou non ?

– Je n'avais jamais entendu parler d'elle jusqu'à aujourd'hui. Tu veux que j'appelle Aiden pour voir ce qui se passe ?

– Je ne sais pas. Tu penses qu'il te dira quelque chose ?, je demande en regardant à nouveau le profil d'Aiden. Oh, merde ! J'ai liké son commentaire sur son mur. Qu'est-ce que je dois faire ?

– Mets vite un « je n'aime pas ». Et après, like un autre commentaire. Comme ça, si Aiden reçoit des avis, il verra que tu as posté quelque part un « j'aime ».

– Pfff, il va savoir que je l'espionne sur Facebook. Je suis vraiment trop nulle !

– Alice, tout va bien. Je suis certaine qu'il ne se rendra compte de rien.

– Tu crois ?

– J'en suis sûre. Les mecs n'analysent pas les commentaires et les appréciations sur Facebook comme nous. Il ne remarquera probablement même pas que tu as apprécié telle ou telle chose, me réconforte-t-elle en me souriant.

– Tu as sans doute raison, réponds-je sans conviction.

Liv parle comme si elle savait tout sur les hommes maintenant qu'elle sort avec Xander, mais je ne suis pas certaine qu'elle en sache autant que ça. Elle ne voit pas Xander depuis très longtemps, et c'est moi qui lui ai donné plein de conseils jusqu'à ce qu'elle commence à le fréquenter. Au fond, Liv me redonne les conseils que je lui ai donnés sauf que, en toute honnêteté, je n'avais absolument aucune idée de ce dont je parlais lorsque j'étais celle qui la conseillait.

Avez-vous jamais fait quelque chose en sachant pertinemment que vous n'auriez pas dû ? Comme envoyer un message Facebook à un type au milieu de la nuit ? Et en n'ayant même pas l'excuse d'être ivre ! On peut pardonner des messages envoyés ou des appels passés en état d'ébriété, mais pas des messages stupides rédigés sans une goutte d'alcool dans le sang…

Je sais que je n'aurais pas dû envoyer un message à Aiden. Je sais que j'aurais dû attendre que lui me contacte. C'est ce que toutes les règles disent, non ? Si un type est intéressé, il vous contactera. Je sais cela, mais j'ai peur qu'il pense que j'éprouve quelque chose pour son frère Scott. Il m'a surprise en train de l'embrasser. En réalité, il a surpris Scott en train de m'embrasser, mais depuis ce soir-là, Aiden se comporte comme si j'avais la lèpre ou que j'étais invisible. Et je n'aime même pas Scott, ce qu'il devrait savoir, mais vous connaissez les hommes. Ils peuvent être bizarres et stupides, complètement odieux et arrogants. C'est donc pour cela que j'envoie un message Facebook à Aiden à vingt-trois heures.

« Salut Aiden, c'est moi, Alice. C'est un message depuis ma page Facebook. Je voulais juste te dire salut, alors salut ! » Et puis, j'appuie sur « envoi ». Et je me rallonge sur l'oreiller en soupirant. Pourquoi, mais pourquoi ai-je envoyé un message Facebook à Aiden ? Euh... C'est alors que j'entends un petit *ding*. Je me rassieds. Quelqu'un m'a envoyé un message. Je regarde sur mon compte Facebook.

« Salut, Alice. » C'est tout ce qu'Aiden a répondu, mais je me sens aussi étourdie qu'une souris ivre en fixant l'écran. Il m'a répondu. Il ne me déteste pas ! Je clique aussitôt sur ma page pour voir quelle photo j'ai sur mon profil. Je pousse un grognement en me voyant sourire bêtement, mes cheveux blonds mi-longs emmêlés et mes yeux bleus donnant l'impression de loucher. Ce n'est pas la photo que je voulais qu'Aiden voie en me répondant.

Alice : *Tu n'es pas encore couché ? Il est tard.*

Je sais, je sais, je n'aurais vraiment pas dû envoyer un autre message. Il n'a pas réellement montré d'enthousiasme dans sa réponse, mais tant pis. Le fait qu'il ait répondu me suffit.

Aiden : *Il n'est que vingt-trois heures…*

Je lève les yeux au ciel en lisant sa réponse.

Alice : *Je ne sors pas boire un verre tous les soirs, donc je ne sais pas.*

Aiden : *Juste deux, trois fois par semaine ? Uniquement lorsque Brock et Jock sont disponibles ?*

Alice : *Ha ha. Très drôle.*

Je grimace. Brock et Jock sont des frères jumeaux strip-teaseurs que j'avais engagés pour jouer le rôle de nos petits amis à Liv et moi afin de rendre Xander jaloux lorsque les choses n'allaient pas très bien pour eux. Mon plan n'avait pas très bien marché, personne n'avait été dupe.

Aiden : *Que fais-tu debout si tard ? Tu cherches les ennuis ?*

Je reste pétrifiée en lisant son message. Est-ce qu'il essaie de me draguer ?

Alice : *Quel genre d'ennuis ?*

Aiden : *À toi de me le dire.*

Alice : *Qu'es-tu en train de me demander, Aiden ?*

Aiden : *Rien. Je plaisantais.*

Alice : *Oh, ok. Qu'est-ce que tu fais ?*

Aiden : *Sur le point d'aller me coucher. J'ai une grosse réunion au bureau demain.*

Alice : *Ah, ok.*

Je suis déçue. Ce n'est pas ce soir qu'Aiden Taylor va me déclarer son amour.

Aiden : *Fais de beaux rêves, Alice. Et sois sage.*

Alice : *Cela risque d'être difficile.*

Aiden : *Je m'en doute.*

Alice : *Qu'est-ce que cela veut dire ?*

Aiden : *À ton avis ?*

Alice : *Je n'ai plus seize ans.*

Aiden : *Content de te l'entendre dire.*

Alice : *C'était une erreur. Non, pas une erreur, un mensonge.*

Aiden : *Je sais, tu me l'as déjà dit.*

Alice : *Je me suis trompée de lit.*

Aiden : *Bien sûr.*

Alice : *Qu'est-ce que cela veut dire, "bien sûr" ?*

Aiden : *Fais de beaux rêves.*

Alice : *Nous devrions en parler, Aiden. Je ne veux pas que tu te fasses de fausses idées.*

Aiden : *C'était il y a longtemps, Alice. Je suis passé à autre chose.*

Alice : *Très bien, bonne nuit.*

Je referme mon ordinateur et saute du lit, nerveuse. Qu'est-ce qu'il veut dire par « je suis passé à autre chose » ? Est-ce qu'il est toujours en colère contre moi ? Fâché ? Est-ce qu'il essaie de me dire qu'il en a fini avec moi et que je n'ai aucune chance avec lui ? En allant à la cuisine, j'entends Liv et Xander chuchoter et faire Dieu sait quoi dans le salon.

– Prenez une chambre, les jeunes !, je leur crie sur un ton hargneux.

Je suis soudain en colère contre eux deux.

– Alice ? Tout va bien ?, me demande Liv en me rejoignant dans la cuisine.

– Oui, ça va. Je me demande juste pourquoi vous trouvez normal de vous peloter dans notre salon comme des ados excités. Ton petit ami n'est pas millionnaire ou quelque chose comme ça ?

– On ne se pelote pas, on regarde un film.

– Alors, pourquoi je vous entends chuchoter et vous embrasser ?

– Tu nous entends nous embrasser ? Xander m'a demandé de lui passer le pop-corn et je lui ai dit de se débrouiller avec le sien. Que se passe-t-il ?, ajoute-t-elle en me regardant dans les yeux.

– Rien. (Je me mords la lèvre, rouge de honte.) Désolée.

– C'est bon. C'est Aiden qui te rend triste ?

– Ce n'est qu'un pauvre type. Je ne sais vraiment pas pourquoi ça me touche autant.

– Parce que tu l'aimes bien, conclut Liv en souriant.

– Oui, je suppose.

Je me sers un grand verre de lait et j'attrape des gâteaux. J'ai besoin de sucre pour me sentir mieux.

– Ne t'en fais pas. Il oubliera ce petit baiser idiot et il reviendra.

– Ce n'est pas tout, j'ajoute en sortant ma boîte mauve de Fingers Cadbury. C'est un petit cadeau que je me fais. Ils sont plus chers que des gâteaux ordinaires, parce qu'ils sont importés d'Angleterre, mais j'adore ces bâtonnets recouverts de chocolat au lait.

– Qu'est-ce que tu veux dire ? Tu as couché avec Scott ?

– Quoi ? Bien sûr que non ! Comment peux-tu penser un truc pareil ?

– Eh bien, tu te comportes d'une manière tellement bizarre ! Tu as autre chose à me dire ?

– Huumm. (Xander entre dans la cuisine en se raclant la gorge.) J'ai mis le film sur pause, mais je me demande si je ne ferais pas mieux de vous laisser. On dirait que vous avez besoin de parler toutes les deux, dit-il à Liv après m'avoir lancé un regard.

– Merci, lui fais-je.

– Non, reste.

– Tu es sûre ?, insiste-t-il avec un sourire suffisant sur les lèvres. Cela ne me gêne pas et on dirait qu'Alice a vraiment besoin de parler.

Il me jette à nouveau un regard et je me sens mal. Je ne peux pas regarder Liv. Si elle lui dit de rester, cela signifie clairement qu'il est plus important que moi. Ce qui ne serait pas sympa. Je suis sa meilleure amie, je suis prioritaire. Si elle lui demande de rester, je vais me sentir vraiment triste.

– Puisque cela ne t'ennuie pas..., lui répond Liv en l'embrassant sur la joue. Je te revaudrai ça.

Mes épaules se détendent à ces mots. Elle ne fait pas passer Xander avant moi. Pas encore.

– Je te prends au mot, rétorque-t-il avant de l'attirer contre lui et de l'embrasser goulûment.

Je détourne le regard. Comme j'aimerais qu'Aiden me prenne comme ça et m'embrasse d'une manière aussi possessive.

– Ça te va, Alice ?

– Merci.

J'avale mon verre de lait.

– Alice, je raccompagne Xander et je reviens. Verse-nous un verre de merlot. Je pense que la nuit va être longue.

– Ok.

J'ai vraiment de la chance d'avoir Liv pour meilleure amie, j'en ai conscience et je ne le prends pas pour une chose acquise.

J'attrape deux verres et une bouteille de vin dans le placard, et je fais griller du pain. Quand Liv me retrouve dans la cuisine, j'ai peur qu'elle ne soit contrariée d'avoir renvoyé Xander chez lui.

– Miam, tu fais griller du pain ?, sourit-elle en se glissant à côté de moi.

– Ouais, et j'ai sorti le brie aussi. J'espère que ça te va ?

– Bien sûr ! J'ai pris du chocolat aussi.
– Super !
– C'est du noir, celui qu'on aime.

Elle sort la tablette du réfrigérateur. C'est du chocolat noir Lindt à la menthe. Je souris. C'est le chocolat noir que je préfère parce qu'il n'a pas un goût râpeux et amer, la menthe rendant le chocolat crémeux. Il est délicieux.

– Je suis désolée que Xander soit rentré chez lui à cause de moi.

Je retourne les tranches de pain pour qu'elles soient grillées des deux côtés. Notre grille-pain n'est pas très performant…

– Pas de problème, dit-elle en posant sa main sur mon épaule. Je n'allais pas te laisser te morfondre et il me connaît suffisamment pour savoir que je ne pourrais pas rester assise là sans bouger alors que tu ne vas pas bien. Il sait que tu es ma meilleure amie et, que cela lui plaise ou non, il doit faire avec.

– Il me déteste ?, je demande en ouvrant le réfrigérateur pour sortir le beurre.

– Non. (Elle rit.) Je ne dirais pas détester, mais je pense qu'il n'aime pas le fait que lorsque nous sommes toutes les deux, nous pouvons nous montrer un peu immatures.

– Immatures ? (Je reste bouche bée.) Il pense que je suis immature ?

– Il pense que nous sommes toutes les deux un peu puériles. Je lui ai dit qu'il se trompait, mais reconnais que nous avons parfois tendance à nous comporter comme des adolescentes, glousse-t-elle.

– Je le prends mal, tu sais. (J'éclate de rire.) Et ce n'est pas tout le temps, juste quelquefois.

– C'est exactement ce que je lui ai dit. Tout le monde a le droit de se comporter comme un ado s'il en a envie.

– Tout à fait. Et nous n'avons que vingt-deux ans.

Je dispose le pain sur une assiette avec le fromage.

– Je te laisse apporter le vin et les verres.

– Ok.

En voyant les bougies allumées sur la table basse du salon et la couverture de laine couleur crème en faux angora que Liv adore, disposée sur le canapé, je me sens mal. Il y a aussi une rose rouge sur la table, à côté de la bougie.

– Oh, Liv, j'ai gâché une soirée romantique !, lui dis-je d'un air désolé.

– Ne t'inquiète pas.

– Il t'a offert une rose rouge ? C'est tellement charmant !

– Il m'a dit qu'il n'avait jamais offert de rose rouge à une femme avant moi, et il m'a expliqué qu'il s'était juré de ne jamais offrir de roses rouges à une femme tant qu'il n'aurait pas rencontré celle qu'il aimait.

– Mon Dieu, c'est magnifique ! Tu es vraiment tombée sur le mec parfait !

– Il m'a dit qu'il n'arrivait pas à croire qu'il ait autant de chance. Et il a ajouté que je lui donnais la foi et qu'il ne voulait pas passer une journée ou une nuit sans moi.

– Merci, comme ça je me sens encore plus mal, je maugrée. Il est vraiment adorable. Je n'aurais pas dû le faire partir. Appelle-le et dis-lui de revenir. Nous discuterons demain.

– Pas question, on discute ce soir. Je veux savoir ce qui se passe, Alice, dit-elle en s'asseyant sur le canapé pour ouvrir la bouteille de vin.

– C'est sans importance. Appelle Xander et dis-lui de revenir, comme ça tu pourras t'envoyer en l'air. Et dis-lui que toi non plus tu ne veux pas dormir sans lui.

– Il peut passer une nuit sans faire l'amour ! Il me désirera encore plus.

– Tu es bête !

Elle m'adresse un sourire, puis me regarde fixement.

– Maintenant, dis-moi ce que tu m'as caché.

J'avale une autre gorgée de vin, puis je prends une profonde inspiration.

– J'ai perdu ma virginité avec Aiden.

Sous le choc, Liv recrache le vin qu'elle vient de boire.

2.

Le philtre d'amour, cela n'existe pas

Vous connaissez l'adage ? À propos du téléphone que l'on regarde et qui ne sonne jamais ? Eh bien, c'est faux. Mon téléphone n'a pas arrêté de sonner toute la matinée. La seule personne qui ne m'ait pas appelée est celle que j'ai envie d'entendre. J'ai reçu un appel de l'entreprise de ma région qui gère la communication par satellite pour me dire que je devais passer au câble. J'ai répondu que je le ferais s'ils pouvaient me promettre que je ne devrais débourser qu'un dollar par mois pour les dix années à venir. Mon interlocutrice m'a maudite puis elle a raccroché lorsque je lui ai dit que je voulais également un nouveau téléviseur 50 pouces pour adoucir la note. J'ai reçu également un appel de mon dentiste. Enfin, c'est sa secrétaire qui m'a appelée pour me dire que j'avais raté mes deux derniers rendez-vous et que je devais aller les voir pour un détartrage. Pas de sitôt, Dr Rosenberg. La dernière fois que je suis venue pour un détartrage, j'avais plusieurs caries qu'il a fallu soigner. Je n'ai toujours pas fini de payer la facture. Merci quand même, une prime d'assurances de 300 dollars par mois. Et bien sûr, j'ai également eu un appel de ma chère vieille grand-mère qui voulait savoir quand je vais me marier et lui donner des arrière-petits-enfants. Je lui ai dit qu'elle pouvait aller au square à côté de chez elle pour regarder les enfants jouer, mais cela ne l'a pas amusée. Alors oui, j'ai reçu beaucoup d'appels aujourd'hui, mais aucun d'Aiden, l'homme que j'ai vraiment envie d'entendre.

Aiden Taylor est le frère aîné de Liv. Je le connais depuis mon enfance et j'ai flashé sur lui lorsque j'avais dix ans et lui seize. Non pas qu'il m'ait jamais accordé la moindre attention. Il ne me voit toujours que comme la meilleure amie de sa petite sœur. Enfin, presque toujours. Une fois, j'ai été plus que cela. Nous avons partagé un moment que je me suis repassé en boucle tous les jours depuis que c'est arrivé. Le hic, c'est que je ne peux pas en discuter avec lui. J'ai même de la chance qu'il continue à me parler après cet épisode. Nous sommes les seuls à savoir. Enfin, nous étions les seuls à être au courant. Jusque très récemment. Je n'en ai pas parlé à Liv sur le coup. Pourtant je voulais vraiment le lui raconter. Mais comment pouvez-vous raconter quelque chose comme ça ? Comment pouvez-vous dire à votre meilleure amie que son frère avait raison et que vous êtes la mauvaise influence dont personne ne veut pour ses enfants ?

Je crois que je devrais me sentir reconnaissante qu'Aiden n'ait jamais rien dit. Je suppose que lui aussi était gêné. Ce n'est pas spécialement quelque chose que l'on crie sur les toits. « Eh, Liv, j'ai couché avec ta meilleure amie. En fait, je l'ai même dépucelée. » Ok, il n'a pas dit ça. Et je ne l'ai pas dit non plus à Liv. Comment aurais-je pu lui dire que je m'étais glissée dans le lit de son frère en espérant le séduire ? Comment pouvais-je lui révéler que nous avions fait l'amour et que cela avait été la meilleure nuit de ma vie ? Je ne savais pas comment le lui dire, et puis je m'étais sentie trop coupable pour en parler. Mais maintenant, elle sait, et honnêtement, je ne me sens pas mieux. Je sais maintenant que la seule personne à laquelle j'ai vraiment besoin de parler de cette nuit-là est le seul homme qui ne veut rien avoir à faire avec moi.

– Alice !, crie Liv en entrant dans l'appartement. Où es-tu ?

– Dans le salon ! Pourquoi nous crions, au fait ?

– J'ai eu une idée géniale.

Ses yeux brillent, elle frappe dans ses mains et effectue une petite danse en me souriant, décidée à conserver son bel enthousiasme.

– Quelle idée ?

– J'ai trouvé un moyen pour que tu recommences à parler à Aiden.

– Vraiment ? (Mon cœur s'emballe.) C'est une bonne idée ou une idée farfelue ?

– Depuis quand ai-je des idées farfelues ?

– Depuis que tu es ma meilleure amie.

Malheureusement, c'est vrai. Nous semblons toutes les deux avoir des idées qui jaillissent sur un coup de tête et qui nous amènent des ennuis. Pour être honnête, c'est généralement moi qui ai des idées vraiment idiotes, mais elle m'a rendu la monnaie de ma pièce ces derniers temps.

– Nous allons intégrer une équipe de flag football.

– De quoi ?

– Flag football, répète-t-elle, tout excitée. Xander m'en a parlé. Il va en faire aussi.

– D'accord, reprends-je, moins enthousiaste. En quoi cela va-t-il m'aider avec Aiden ?

– Il va jouer dans la même équipe. (Elle sourit.) Ce sera parfait.

– Je ne sais pas, Liv. Tu penses vraiment que le fait que je joue au football va m'aider avec les garçons ? Je ne suis pas exactement ce qu'on appelle une athlète.

– Fais-moi confiance, m'encourage-t-elle en attrapant mes mains, ce n'est pas le seul plan que j'ai en tête. C'est simplement la première étape.

– Première étape ?, je répète, à la fois inquiète et excitée.

Je ne suis pas dingue de football, mais si le fait d'intégrer une équipe me permet de voir Aiden toutes les semaines, je suis partante.

– Oh, oui, chérie. J'ai trouvé un moyen infaillible pour m'assurer que tu finisses dans les bras de mon frère.

Elle semble si satisfaite et enthousiaste que je m'abstiens de râler. Je ne veux pas lui gâcher son plaisir, mais j'ai déjà eu un plan comme ça et il m'avait explosé à la figure.

– De quoi s'agit-il ?, je lui demande timidement.

Il y a des moments où je m'en veux d'avoir autant déteint sur Liv. Lorsque nous étions plus jeunes, Liv était innocente et calme et j'étais la fauteuse de troubles, cherchant toujours à me lancer dans quelque chose. J'avais toujours un plan ou un projet, qui ne réussissaient pas comme je le prévoyais.

– Tu vas venir aux matchs de flag football avec Xander et moi. Tu vas être mignonne et flirter avec tous les beaux garçons célibataires. Tu vas être gentille, mais pas excessivement sympathique avec Aiden, et lui montrer tout ce qu'il a raté ces dernières années.

– Tu crois vraiment qu'il va remarquer quelque chose ?

– J'en suis certaine. Maintenant que je sais ce qui s'est passé entre vous, je comprends beaucoup mieux la dynamique qui vous lie.

– Vraiment ?

– Oh oui ! Je me suis toujours demandé pourquoi il adoptait une telle attitude protectrice avec toi, mais aussi une sorte de possessivité et de jalousie.

– Il fait la même chose avec toi.

Je joue l'indifférence, mais l'espoir me gagne.

– Pas du tout !, plaisante-elle. Oui, il est surprotecteur et un peu idiot, mais il ne s'est jamais comporté en homme jaloux lorsque je parle d'un autre type et il n'a jamais réagi en se montrant possessif ou contrarié lorsqu'il me voit avec un autre garçon. Cela lui est égal. Tu sais, il m'a dit qu'il était content que je sorte avec Xander parce que maintenant, c'est au tour de Xander de se faire du souci pour moi.

– Oui, mais ce ne sont que des mots. Il t'aime.

– Oui, bien sûr, je suis sa sœur. Mais il a des sentiments pour toi aussi. Des sentiments qui sont plus forts que ceux d'un grand frère. Je parie qu'il est un peu perdu.

– Pourquoi perdu ?

– Il est perdu parce qu'il a passé cette nuit avec toi il y a longtemps qui lui a plu, mais il se sent coupable et il n'est pas sûr de savoir ce qu'il doit faire.

– Tu crois ?

– Oui, je le pense vraiment. Le problème, c'est qu'il continue de te voir comme une ado. Tu dois lui montrer que tu es une femme maintenant.

– Et le flag football va m'aider ?

– En short court en train de courir sur un terrain avec des types sexy à tes fesses, tes longs cheveux blonds flottant au vent, c'est garanti. Tu sais comment sont les hommes.

– Et Scott ? Et mon message sur Facebook ?

– Oublie. Ça ne veut rien dire.

– Tu crois ?

– Je le sais.

– Qu'est-ce que tu sais ?

La voix de Xander qui vient de résonner dans le salon m'arrache un cri.

– Qu'est-ce que tu fais ici ?, je lui demande sur un ton de reproche.

Il éclate de rire.

– Ravi de te voir aussi, Alice. Je suis venu chercher ma petite amie pour l'emmener dîner. Cela te pose problème ?

– Aucun problème.

Je regarde Liv qui rit.

– Il garait la voiture. J'ai laissé la porte ouverte pour qu'il puisse entrer.

– Ah, d'accord. Je me demandais si tu lui avais donné une clef.

– Cela te poserait un problème ?, me taquine Xander. Je ne vois rien de mal à cela.

– Je m'en doute.

– Je parie que cela ne t'ennuierait pas si Aiden avait une clef. (Il me fait un clin d'œil.) Peut-être que cette fois, c'est *lui* qui se glissera dans *ta* chambre et dans ton lit.

– Liv ! Tu as tout raconté à Xander ?, je lui crie en rougissant.

– Xander ! À quoi tu penses ?, lui dit Liv, furieuse.

– Quoi ?

– Pourquoi tu as dit à Alice ce que je t'avais raconté ? (Elle pousse un soupir et me regarde, l'air désolé.) Je suis navrée, mais il voulait savoir ce qui était si important pour que je le mette dehors hier soir.

– Alors, tu le lui as dit ? (Je reste bouche bée.) Je ne peux pas croire que tu aies dit à Xander que j'avais perdu ma virginité avec Aiden.

– Tu as couché avec Aiden ?

Xander semble choqué. Mon cœur se serre.

– Tu ne savais pas ?

– Je ne lui ai pas tout dit. Je ne voulais pas tout lui dire. Je lui ai juste dit que tu t'étais glissée dans le lit d'Aiden un soir et que tu l'avais embrassé, soupire Liv.

– Coucher est un peu plus qu'un baiser. (Xander rit en me regardant.) Bien, bien, bien, Alice Waldron, plus j'en apprends à ton sujet, plus tu deviens intéressante.

– Laisse tomber.

– J'ai besoin de savoir exactement ce qui s'est passé. (Il rit en regardant Liv.) Et moi qui pensais que nous étions sortis ensemble dans des circonstances incroyables.

– Vous au moins vous êtes ensemble. Aiden ne m'a pas laissé de chance après notre nuit.

– Mais ce n'était pas exactement la même chose, Alice, non ? Il ne savait pas que c'était toi, au départ.

– Inutile de me le rappeler. Je me sens tellement mal. Je devrais passer à autre chose. Aiden ne pourra jamais oublier cet incident.

– Tu n'en sais rien, répond Liv. Qu'est-ce que tu en penses, Xander ?

Elle jette un regard rayonnant à Xander tandis qu'il l'embrasse sur la joue et lui caresse le dos.

– Je pense que j'ai besoin de savoir exactement ce qui s'est passé. (Ses yeux verts me regardent avec sérieux.) Je sais que cela peut te mettre mal à l'aise, mais fais-moi confiance : je peux te dire si c'est aussi désespéré que ce que tu penses ou non.

– Je suis juste gênée, dis-je en baissant la tête.

– Ce n'est pas aussi grave que de draguer un inconnu à un mariage, dit Liv.

– Ce n'est pas aussi grave que d'aller dans la chambre d'hôtel d'un inconnu, poursuit Xander, et de le surnommer Mister Tongue.

– Xander !, s'exclame Liv en lui donnant une tape sur l'épaule.

– Tu veux dire « Mister Tongue » ?, réplique Xander en souriant.

– Peu importe, répond Liv.

– Ce n'est pas ce que tu disais ce matin, murmure Xander.

Liv lui donne un coup plus fort.

– Tais-toi, Xander.

– Bon, ça suffit ! Je vais vous dire ce qui s'est passé, mais uniquement parce que je veux savoir si vous pensez que j'ai la moindre chance. Et aussi si je dois me joindre à l'équipe de flag football.

– Une équipe de flag football ?, s'exclame Xander en fronçant les sourcils.

– Liv m'a dit qu'Aiden allait rejoindre une équipe et que nous devrions y aller aussi.

– Elle quoi ? (Il se retourne vers Liv.) Tu ne m'as jamais dit que tu voulais en faire partie, lorsque j'en ai parlé.

– Disons que je me suis décidée très récemment.

– Hum, je suis sûr que non. Alors, vous allez vous inscrire toutes les deux ?

– Peut-être, réponds-je en même temps que Liv. Je ne sais pas si c'est une bonne idée, Liv. Je sais que tu penses que c'est un bon moyen, mais ce genre de plan ne fonctionne pas toujours.

– Ça veut dire quoi, un bon moyen ? Liv ?, demande Xander.

– Rien. Je veux juste qu'Alice et Aiden se voient chaque semaine pour qu'il comprenne ce qu'il rate.

– Hum, hum.

– Et elle veut que je porte des shorts courts. Ce que je ne pense pas être une bonne idée.

– Des shorts courts ?, s'exclame Xander en riant. C'est votre plan pour accrocher un mec ? Bouger votre cul devant lui ?

– J'ignorais que j'essayais d'accrocher un mec. Mais je suppose que je peux en porter un aussi, lui assène Liv.

– Ne t'avise pas de le faire, réplique Xander en regardant ses fesses pendant quelques secondes. Ton gros cul est à moi et à moi seul.

– Mon gros cul ?

Je ris en mon for intérieur. C'est sur le point de dégénérer. Xander n'a pas la moindre idée de ce qu'il vient de déclencher. Liv déteste ses fesses et je sais que pour elle, son commentaire n'a rien d'un compliment.

– Ouais. J'aime les gros culs, ajoute-t-il en lui donnant une tape sur les fesses.

– Tu quoi ?

Sa voix a monté d'un cran.

– J'aime les gros culs. Ton gros cul, c'est moi qui dois en profiter et pas tous les Tom, Dick et autre Harry qui sont sur le terrain de foot.

– Je n'ai pas un gros cul, balance-t-elle en commençant à faire des flexions. Retire ça.

– Retirer quoi ?

Xander semble déconcerté et j'éclate de rire tandis que Liv fait des mouvements de bas en haut, le visage contrarié.

– Et puis d'abord, ces flexions, tu les fais mal. Ta forme laisse à désirer.

– Quoi ?

– Tu ne devrais pas courber ton dos comme ça. Tu devrais…

– Tais-toi, Xander. (Elle me regarde.) Est-ce que tu peux le croire ? Il m'a dit que j'avais un gros cul !

– C'est inimaginable. Tu devrais avoir honte, dis-je à Xander.

– Quoi ? (Il lève les mains, le regard perdu.) Je n'ai jamais dit que tu avais des grosses fesses. J'ai dit que tu avais un gros cul. Un gros cul que j'aime – que j'adore, même. (Il gémit en voyant le regard meurtrier de Liv.) Je me tais, maintenant.

– Ouais, arrête. (Liv se redresse et étire ses bras.) Ouille. J'ai mal aux jambes.

– Je ne vais pas te dire que tu devrais t'entraîner davantage, renchérit Xander avec un petit sourire satisfait. Aïe, les filles !, crie-t-il alors que nous le frappons toutes les deux.

– Alice, est-ce que tu es prête à dire à mon abruti de fiancé ce qui s'est passé avec Aiden pour que nous puissions élaborer un plan d'action ?

– Eh, là, attendez ! Je ne suis pas là pour vous aider à mettre au point des sortilèges ou des stratagèmes, mais plutôt pour vous donner mon avis.

– Nous ne sommes pas des sorcières. Nous ne lançons pas de sorts et nous ne trompons personne non plus.

– Vous ne cherchez à tromper personne ? Vraiment ? Et Brock et Jock ?

– Oh, oublions-les. Tu es sûre que tu veux un petit ami, Alice ? Tu veux supporter tout ça ?

– Cela ne me dérangerait pas. Je sais que tu as dit qu'il pouvait être chiant, mais parfois, c'est bon d'avoir quelqu'un d'un peu chiant.

– Qu'est-ce que tu lui as raconté ?, demande Xander à Liv avec un clin d'œil.

– Je ne lui en ai pas dit assez, visiblement. Bon, assez parlé de toi et moi. Alice, je veux que tu racontes ton histoire.

– C'est tellement gênant et incroyable…

– Ne t'inquiète pas, rien de ce que tu peux me dire ne me semblera invraisemblable. Liv m'a déjà raconté des histoires à propos de vous deux, alors crois-moi lorsque je dis que je peux tout entendre.

– Merci, dis-je en faisant la moue. Je ne suis pas sûre que ce soit un compliment.

– Ça suffit. Xander cherche juste à se créer des problèmes.

– Ok. (Je soupire et je ferme les yeux.) Je devrais commencer par le début.

Xander attend mon histoire. Je me sens rougir au moment de raconter comment j'ai séduit Aiden Taylor, le frère aîné de ma meilleure amie.

Soudain, mon téléphone sonne. C'est l'appel que j'attendais avec impatience depuis ces six dernières années. Et je n'ai absolument aucune idée de la raison de son appel.

3.

Parfois, il suffit de se glisser dans un lit

Je suis raide dingue d'Aiden Taylor depuis que j'ai dix ans. Je sais ce que vous pensez : comment peut-on être amoureuse à dix ans d'un garçon qui en a seize ? C'est très facile. Aiden Taylor a toujours été beau gosse. Et lorsqu'il avait seize ans, toutes les filles à l'école rêvaient de lui. Ses cheveux aujourd'hui bruns avaient à ce moment-là une couleur blond foncé, ils étaient aussi plus longs, style surfeur, même s'il faisait partie de l'équipe de base-ball. Ses yeux bleus lumineux étaient malicieux et j'adorais qu'il ne prête pas attention à moi. J'adorais passer du temps avec lui, j'adorais quand il nous laissait jouer avec lui aux jeux vidéo, quand il me chatouillait ou qu'il jouait aux jeux de société avec nous. Aiden était le frère aîné autoritaire, mais qui prenait le temps de traîner avec nous. C'était facile de rêver qu'il devienne mon petit ami, sans que cela se produise un jour. J'étais trop jeune pour lui et il ne m'avait jamais considérée comme autre chose que la meilleure amie de sa sœur. Du moins, jusqu'à son retour de l'université. Il était rentré chez lui pour l'été, diplômé, avec sa petite amie, Lisa ou quelque chose comme ça. Je me souviens encore de la première fois où nous nous étions regardés. Cela avait été un moment magique. J'avais seize ans, presque dix-sept, et il en avait vingt-deux. Nous ne nous étions pas vus depuis environ deux ans car il ne revenait que pour les vacances de Noël, et seulement quelques jours.

Aller chez les Taylor et revoir Aiden cet été-là avait été aussi merveilleux et impressionnant que découvrir la montagne ou l'océan. Tout le monde devrait connaître un moment comme celui-là au moins une fois dans sa vie. Je m'en souviens très clairement. J'étais entrée dans le salon et Aiden avait levé la tête pour voir qui était là. Ses yeux s'étaient illuminés pendant dix secondes magiques pour me détailler de la tête aux pieds. À cet instant-là, j'étais Alice Waldron, le beau cygne ; il m'avait saisie dans toute ma gloire. Ses yeux avaient rencontré les miens, il m'avait souri de ce sourire enjôleur qui avait affolé mon cœur des millions de fois. Et puis Liv était arrivée en courant, elle m'avait prise dans ses bras pour m'embrasser, et il était redevenu le garçon autoritaire, se comportant comme s'il avait été personnellement affecté à notre surveillance et que nous étions ses prisonnières.

Je ne sais plus très bien comment j'ai trouvé ce stratagème. Je n'y avais pas réfléchi, je ne passais pas mon temps à comploter pour séduire Aiden Taylor. Pas du tout. Je pense que cela m'est venu à l'esprit sur le moment, par jalousie et sous le coup de l'excitation. Cela m'avait vraiment contrariée de voir qu'Aiden n'était pas seul cet été-là. D'autant plus que cette Lisa était belle et sympa – du moins, je supposais qu'elle l'était. Certes, elle dormait dans une chambre à part, mais il est facile de se glisser dans la chambre de l'autre pour aller se peloter. Cette idée me rendait dingue. Un soir, Lisa m'avait donné un mot à remettre à Aiden. Bien sûr, je l'avais lu. Et bien sûr, j'avais vu rouge. Lisa lui disait qu'elle viendrait le retrouver dans sa chambre à minuit ce soir-là. Elle lui demandait de laisser les lumières éteintes et d'avoir un préservatif à portée de main. Elle ajoutait qu'elle ne voulait surtout pas manquer de respect à ses parents, mais qu'elle avait trop envie de lui et qu'elle était incapable de passer une autre nuit sans lui. Elle écrivait aussi – ce qui m'avait fait sourire – qu'elle était triste qu'il ne pense pas que leur relation puisse marcher et qu'elle l'aimait toujours, même s'il n'était plus son petit ami. Cela m'avait aussitôt rendu heureuse. Bien sûr, je les avais vus se disputer, mais je ne me doutais pas qu'ils avaient rompu.

J'avais donc encore une chance. J'oubliais évidemment que j'étais au lycée et qu'il était tout juste diplômé de l'université. C'était un détail. J'ai remis le mot à Aiden. Il l'a chiffonné, puis l'a jeté dans la poubelle. J'ai dit à Lisa qu'Aiden ne voulait pas qu'elle vienne dans sa chambre. Elle a semblé contrariée, mais elle a accepté sa décision avec calme. Je me suis sentie un peu coupable lorsque je l'ai entendue téléphoner pour qu'on vienne la chercher. Ce sentiment a disparu lorsque, une trentaine de minutes plus tard, j'ai vu arriver un type sexy à la Bradley Cooper. Il l'a embrassée comme s'il revenait de la guerre et qu'il ne l'avait pas vue depuis des années. Lisa est partie si vite que je me suis sentie mal pour Aiden car elle ne lui avait même pas dit au revoir. Bon, enfin, pas si mal que cela. Je ne peux pas jurer que c'est là que j'ai eu cette idée, mais en tout cas je l'ai trouvée géniale. Mon plan était très simple : j'allais me glisser dans le lit d'Aiden, me serrer contre lui, et j'allais le séduire. Et cela avait marché. Je m'étais faufilée dans sa chambre vers minuit, vêtue seulement d'un long tee-shirt. J'étais entrée dans son lit et j'avais posé mes bras autour de son torse nu puis je m'étais collée contre lui.

– Tu n'as rien à faire ici, avait-il grogné d'un air endormi tandis que ses doigts attrapaient les miens.

– Chhhuuut.

Je l'avais embrassé dans le dos et fait glisser mes pieds le long de ses jambes musclées. Ses poils chatouillaient ma peau douce et j'avais frissonné en le sentant si près de moi. Sa main avait couru le long de mes jambes et il s'était retourné avec un léger gémissement. Il faisait nuit noire dans la chambre, mais lorsqu'il m'avait allongée pour m'embrasser, j'avais eu peur qu'il me démasque et qu'il s'énerve. Il ignorait que Lisa était partie parce qu'il était rentré tard ce soir-là et qu'il était allé directement dans sa chambre. Sa langue s'était rapidement frayé un chemin jusqu'à ma bouche et je lui avais rendu son baiser avec une intensité qui offensait la décence. Il était resté immobile un instant, puis s'était écarté de moi en murmurant :

– Bon sang, tu ne devrais pas être là.

J'avais saisi sa tête et l'avais attiré vers moi en enroulant mes jambes autour de sa taille. À ce moment-là, j'étais persuadé qu'il pensait parler à Lisa, mais aujourd'hui, je n'en suis plus si certaine... S'il savait que c'était moi et qu'il a continué, cela signifie quelque chose, non ? Cette nuit-là avait été folle et passionnée, et lorsqu'il m'avait pénétrée, j'avais crié sous le coup de la douleur et de l'extase. Il avait été l'amant parfait : attentionné, bienveillant, dominateur et expérimenté.

Lorsque je m'étais réveillée le lendemain matin, il me regardait d'un air furieux. Je me souviens encore du choc et du dégoût dans ses yeux bleus glacés. J'avais dégluti, rougi et je m'étais empressée de sortir du lit, attendant qu'il me dise quelque chose, n'importe quoi pour que je sache que tout allait bien aller. Mais il n'avait rien dit. Ni à ce moment-là ni après. Pas jusqu'à dernièrement. Et aujourd'hui, tout ce que je veux, c'est revivre cette nuit-là. Mais cette fois, je veux que ce soit pour de vrai. Cette fois, je veux séduire le frère de ma meilleure amie et faire en sorte qu'il tombe amoureux de moi. Et je suis prête à tout pour que cela se produise.

– Allô, Alice ?

Sa voix est à la fois hésitante et forte. J'ai l'impression que le temps s'est arrêté. Mes doigts serrent le téléphone et je me sens rougir en prenant conscience que c'est Aiden qui est à l'autre bout du fil. Je regarde Liv en articulant : « Ce n'est pas vrai ! » plusieurs fois à son intention.

– Alice ?, répète-t-il.

– Oui, réponds-je d'un ton affecté digne d'une actrice hollywoodienne tout droit sortie d'un vieux film en noir et blanc.

– C'est Aiden, dit-il d'une voix rauque.

J'en sauterais au plafond, si Xander n'était pas assis en face de moi.

– Qui ça ?

Xander lève les yeux au ciel.

– Aiden Taylor, le frère de Liv.

– Oh, salut Aiden. Comment vas-tu ?, je demande d'un air distant tandis que j'échange un sourire complice avec Liv.

Xander nous considère tour à tour avec un regard encore plus amusé. Il pense probablement qu'il ne nous en faut pas beaucoup pour nous rendre heureuses.

– Ça va, me répond-il en s'éclaircissant la gorge. En fait, j'appelais juste pour prendre des nouvelles de Liv.

– Liv ?, je répète avec raideur.

– Je lui ai envoyé plusieurs textos et elle ne m'a pas répondu. Alors je passe par toi pour m'assurer que tout va bien.

– Elle va bien, dis-je en posant un doigt sur mes lèvres à l'attention de Liv. Attends une seconde, s'il te plaît. (J'appuie sur la touche « silencieux ».) C'est Aiden. Il dit qu'il a essayé de te joindre, mais que tu n'as pas répondu.

– C'est faux, je lui ai parlé ce matin.

– Oh… ! Alors il ment ? Est-ce que je lui dis que tu es là, près de moi ?

– Vas-y. Dis-lui que je suis là et que je te confirme que je lui ai parlé ce matin.

– D'accord.

Alors que je m'apprête à appuyer sur la touche « silencieux », Xander secoue la tête en soupirant.

– Vous avez vraiment tout faux ! (Il se lève et se dirige vers moi.) C'est toujours en mode muet ?

– Oui.

– Ok. Écoute-moi bien, me dit-il en me transperçant du regard. Ne dis pas à Aiden que tu sais qu'il ment. C'est une excuse pour t'appeler. Tu devrais t'en réjouir, au lieu de l'humilier. (Il se tourne vers Liv en secouant la tête.) Tes conseils sont vraiment nuls. Reprends le téléphone et demande-lui quelque chose. Sois gentille, douce, aie l'air contente d'avoir de ses nouvelles. Ne t'emballe surtout pas. Ne parle pas du baiser à Scott ni de ce qui s'est passé entre vous quand tu avais seize ans. Contente-toi d'évoquer des sujets sans danger. Tu as compris ?

– Oui, j'acquiesce docilement.

– Je ne sais pas pourquoi il t'appelle. Il a peut-être reçu un coup sur la tête et en fait, il t'aime bien.

– Xander !, gronde Liv.

– Désolé. Mais je pense vraiment que moi aussi j'ai reçu un coup sur la tête, dit-il en riant.

– Qu'est-ce que je dois comprendre ?

– Parce que je sors avec toi. Mais tu sais que je t'aime. C'est d'ailleurs pour cela que je te laisse t'installer avec moi.

– Quoi ? Tu t'installes avec Xander ?

– Aïe ! (Xander se mord la lèvre et recule d'un pas.) Tu ne lui as rien dit ?

Liv lui jette un regard furieux.

– Je suis désolée, Alice. J'allais t'en parler. Et ce n'est pas pour…

– Nous en parlerons plus tard. (Je remets le téléphone en mode normal.) Excuse-moi.

– Pas de problème, me répond Aiden d'un air froid. Où étais-tu partie ?

– J'avais un double appel. Pour me proposer une sortie.

– Oh ?

– Oui, c'est un garçon que j'ai rencontré le week-end dernier. Il s'appelle Sylvester.

Xander lève les yeux au ciel en m'entendant m'embarquer à nouveau dans des mensonges.

– C'est Sylvester Stallone ?

J'éclate de rire.

– Excellent ! Non, il n'a rien de Rambo.

– Tant mieux, parce que je ne pourrais pas lutter contre Rambo.

– Ah non ?

J'ai l'impression que mon cœur va exploser. Que sous-entend-il ? Qu'il m'aime bien ? Qu'il a envie de sortir avec moi ?

– Il pourrait ne pas apprécier que tu reçoives des appels d'autres garçons, même si ce ne sont que des amis, dit-il en riant.

– C'est certain, réponds-je, déçue.

– Et toi, est-ce que tu vas bien ?

– Pardon ?

– Depuis notre échange sur Facebook, l'autre jour. J'ai peur de t'avoir contrariée.

– J'aurais des raisons de l'être ?

– Je me rends compte que nous n'avons jamais vraiment parlé de cette nuit-là, et je voudrais m'excuser pour ce qui s'est passé, dit-il d'une voix embarrassée.

– T'excuser ?, je répète froidement.

J'ai l'impression de flotter. Comment se peut-il qu'il m'appelle pour parler de cette fameuse nuit pile au moment où j'en parle aussi ?

– J'aurais dû savoir. J'aurais dû tout arrêter dès que j'ai su, soupire-t-il.

– Une fois que tu as su quoi ?, je demande doucement, le visage brûlant de honte.

– Une fois que j'ai su que c'était toi qui étais dans mon lit.

– Tu savais ? Avant le matin ?

– Bien sûr que je savais, Alice. Comment aurais-je pu l'ignorer ?

– Mais… (Je me tais quelques secondes.) Je ne pensais pas que tu avais compris avant le lendemain matin.

– Je n'étais pas fier de moi. Mais oui, je le savais. Je l'ai su dès que tu es entrée dans mon lit et que tu t'es collée à moi. En fait, je l'ai su dès que tu es entrée dans la chambre. J'ai senti ton parfum à la fraise quand la porte s'est ouverte.

– Je ne sais pas quoi dire…

J'adorais cette eau de toilette à la fraise et le baume qui allait avec. Je les portais tellement que ma mère m'avait demandé si j'envisageais de déménager dans un champ de fraises.

– Excuse-moi, je n'aurais pas dû en parler. Je voulais juste m'assurer que tu allais bien. Nous sommes des adultes aujourd'hui et, bien que nous ayons eu récemment quelques moments difficiles, je voulais te dire que je te considère comme faisant partie de la famille, Alice. J'espère que tu le sais.

– Merci, réponds-je doucement.

Je suis totalement perdue. Pourquoi est-ce qu'il m'appelle ? Il m'aime ou non ? Que pense-t-il de la nuit que nous avons passée ensemble ? Et est-ce qu'il y pense parfois ? Est-ce que cela lui arrive de penser à moi ? Est-ce qu'il espère une autre nuit avec moi ? Ou beaucoup d'autres ?

– Bon, il faut que j'y aille, annonce-t-il d'un ton léger. Demande à Liv de me répondre par texto ou appelle-moi lorsque tu la verras. À bientôt, j'espère.

– Où vas-tu ?

Je sais que j'ai l'air pitoyable, mais je ne veux pas que la conversation se termine.

– J'ai un rendez-vous. Je l'emmène voir une exposition de Degas. Je dois te sembler ennuyeux, non ?

– Pas du tout !, fais-je sur un ton léger, mais j'ai le cœur lourd.

– Tu es tellement adorable, Alice, me dit-il d'une voix sexy à tomber. J'espère qu'Elizabeth appréciera l'expo.

– Elizabeth Jeffries ?, je lâche sans réfléchir.

– Oui, comment le sais-tu ?

– C'est mon petit doigt qui me l'a dit. Je dois y aller. On se parle bientôt.

– Oh… D'accord. Au revoir, Alice.

Je regarde Liv et Xander. Je suis désespérée.

– Qu'est-ce qui ne va pas ?, s'exclame Liv en courant vers moi. Qu'est-ce que mon frère t'a dit ? Je le tuerai s'il s'est mal comporté.

– Il sort avec une fille, dis-je, la voix cassée.

– Tu lui as bien raconté qu'un autre type t'avait appelée, commence Xander, mais le regard furieux de Liv le stoppe net.

– Oh, non !

– Et il savait que c'était moi, cette nuit-là. (Je me laisse tomber sur le canapé.) Il savait que c'était moi… Je n'arrive pas à le croire.

Je repense à ce qui s'est passé six ans plus tôt, à cette nuit qui a été à la fois la plus belle et la pire de ma vie. La nuit que je suis déterminée à revivre. Mais aujourd'hui, je suis une femme et je ne quitterai pas la chambre en catimini le lendemain matin, en me contentant de sourire et de laisser derrière moi un corps qui m'attire tant.

– Alors, qu'est-ce que tu vas faire ?, me demande Liv.

– Je ne sais pas. Je vais sans doute commencer par m'inscrire à l'équipe de flag football.

– Ne bouge pas, je vais nous chercher quelque chose à boire.

– Il faut que je te parle, me dit Xander au moment où Liv quitte la pièce.

Il s'approche de moi sur le canapé et je commence à flipper. Que fait-il ? Est-ce qu'il va me draguer ? À quel genre de femme croit-il avoir affaire ? Il pense vraiment que je vais le laisser me draguer alors qu'il sort avec ma meilleure amie ?

– De quoi ?

Je lève les yeux vers lui avec méfiance et ses yeux verts me dévisagent d'un air amusé. *Oh, mon Dieu ! S'il te plaît, ne me dis pas que tu veux que je fasse connaissance aussi avec ta langue miraculeuse ! S'il te plaît, ne m'oblige pas à te gifler.*

– À quoi tu penses, Alice ?

– Liv est ma meilleure amie et je lui dirai si tu as le moindre geste déplacé. Alors, elle te quittera et tu…

– Alice !, m'interromptil en levant les yeux au ciel. Je n'essaie pas de te draguer. Je veux juste te dire un truc que Liv ne doit pas entendre, ça risquerait de la mettre mal à l'aise.

– De quoi est-ce que tu parles ?

– Il s'agit d'Aiden.

– Quoi, Aiden ?, je rétorque, le cœur battant.

Qu'a-t-il à me dire à propos d'Aiden que Liv ne peut pas entendre ?

– Je pense qu'Aiden est un dom.

– Pardon ?

J'ouvre grand les yeux.

– Je pense qu'Aiden est un dominant.

– Quoi ?

J'imagine Aiden avec un fouet dans la main, moi couchée sur ses genoux. Est-ce que cela pourrait fonctionner ? Est-ce que je voudrais même qu'il utilise un fouet ? Je me mordille la lèvre tandis que les images défilent dans ma tête. Ou alors, je suis sur ses genoux et il utilise ses mains... Oui, c'est mieux qu'un fouet.

– Un dominant, c'est une personne qui prend une position supérieure au lit et... Xander m'interrompt dans ma rêverie et je rougis.

– Je sais ce que c'est. Je ne suis plus une gamine !

Je ne suis jamais sortie avec un adepte de ce genre de jeux. J'ai bien essayé, mais cela n'a jamais marché pour moi.

– Ok, Alice, me répond Xander d'un air suffisant.

– Qu'est-ce qui te fait dire qu'il est dominant ?

Mon cœur s'emballe à cette idée excitante. Aiden a-t-il confié à Xander qu'il voulait me soumettre ? Je ne sais pas ce que je répondrais. Je ne suis pas vraiment du genre soumis. Je pense que je parle trop et je refuse les ordres. En fait, j'aime commander les hommes. Surtout au lit. J'aime faire savoir à un homme ce que je veux très clairement.

– Chuut ! Parle moins fort, je ne veux pas que Liv sache.

– Pourquoi ?

– Tu voudrais savoir, toi, si ton frère était dominant ?

– Je n'ai pas de frère, réponds-je en haussant les épaules.

– Est-ce que tu voudrais savoir si Liv est dominante ou soumise ?

– Elle me le dirait. Nous partageons tout.

– Huuumm. (Il réfléchit un instant.) Eh bien, je ne pense pas que Liv souhaite savoir que son frère a une sexualité SM.

– Quoi ? Il donne des petites fessées à ces partenaires ?

J'éclate de rire, en faisant un clin d'œil à Xander qui rougit. J'ai fait exprès de parler de fessée parce que Liv m'a dit que Xander adore lui donner une claque sur les fesses avant de la prendre en levrette. Mais bien sûr, je ne vais pas lui raconter tout ça. Je ne suis pas certaine qu'il soit heureux de savoir que je connais des détails intimes de leur vie sexuelle.

– Je ne sais pas ce qu'il fait exactement. Mais peut-être que tu le ferais, toi, non ?

– Je ferais quoi ?

Je baisse la tête pour qu'il ne devine pas mon excitation.

– Des trucs coquins, précise-t-il avec une lueur dans les yeux. C'est peut-être un moyen pour toi de l'attirer. Fais-lui comprendre que tu es prête à en faire l'expérience.

– Oh !

Je hoche la tête à cette idée. Peut-être Xander a-t-il raison. Peut-être qu'Aiden est méfiant parce qu'il ignore si j'accepterais de baiser de toutes sortes de manières. Il faut que je lui fasse comprendre que je peux être soumise. Je ne suis pas sûre de faire ça très bien, mais je peux essayer. Je suis douée, après tout ; j'ai quelques arguments… Même si je ne sais pas si mon savoir-faire va m'aider pour ce genre de pratique. Qu'est-ce que je pourrais porter ? Des jambières en cuir ? Est-ce que des pinces au bout des seins lui plairaient ? Je grince des dents en pensant à la douleur que ces trucs-là doivent infliger aux tétons. Il a intérêt à assurer. Il faudrait que je cherche sur Internet ou que j'aille dans une boutique spécialisée en accessoires. Je vais demander à Liv de m'accompagner. Je pourrais peut-être me procurer une tenue sexy ou des jouets que je laisserais voir à Aiden, mine de rien. Je pourrais laisser tomber des menottes de mon sac la prochaine fois que je le verrai, ou un truc comme ça.

– Alice, ça va ?

La voix de Xander semble inquiète. Je lève la tête vers lui avec un sourire contrit.

– Excuse-moi, j'étais ailleurs.

Je chasse ces idées d'un mouvement de tête, je m'emballe trop. J'ai hâte de raconter à Liv ce que Xander m'a confié. Comment peut-il penser que je ne vais pas le lui dire ? On se dit tout, et il est hors de question que je garde ça pour moi. Je vais montrer à Aiden que je peux être la meilleure fille soumise qu'il puisse avoir et Liv va m'y aider.

– J'espère que je ne t'ai pas choquée avec tout ça ?

– Oh non, pas du tout !

Je souris. Xander ne m'a pas choquée du tout. En réalité, il m'a offert l'idée parfaite pour séduire Aiden une bonne fois pour toutes.

4.

Maître de l'univers

Chez les Taylor, les jeux de société le soir sont une vieille tradition. Ce qui est cocasse, c'est qu'Aiden et Liv sont les deux seuls qui aiment ça. Leurs parents ne jouent jamais, Scott quelquefois, Chett déteste ça.

– Je vais tous vous ruiner.

Aiden nous regarde Xander, Liv et moi d'un air sérieux et les sourcils relevés. Je me retiens de rire. Il est loin d'être intimidant lorsqu'il a cette tête-là, mais je sais qu'il ne plaisante pas. Aiden ne plaisante jamais quand il joue. Il joue pour gagner et il y réussit presque toujours.

J'étudie son visage un instant. Comment peut-il être aussi séduisant sans être arrogant ? Aiden Taylor est beau, au sens classique du terme, ce qui veut dire que presque toutes les femmes peuvent le regarder et trouver quelque chose à apprécier chez lui. Mais ce n'est pas pour cela qu'il me plaît. Certes, ses yeux d'un bleu vif évoquent un ciel d'été. Oui, ses cheveux foncés et soyeux, légèrement ondulés, lui donnent un air dangereusement sexy. Oui, ses lèvres pleines et roses dessinent une expression malicieuse sur son visage. Oui, sa peau est hâlée et il a un corps bien bâti et musclé sans pour autant avoir l'air de Monsieur Univers… Et oui, son physique m'attire, mais ce que je préfère par-dessus tout chez Aiden, c'est que sous ses airs de grand frère autoritaire, il est profondément attentionné, remarquablement intelligent et il a un côté secret coquin que j'adorerais explorer. Et plus que tout cela, il a toujours été là pour moi, même lorsque j'ignorais que j'avais besoin de lui.

– Tu joues, Alice ?, me demande Aiden en me donnant un coup sur l'épaule.

– Pardon, je réfléchissais.

Je lui souris en prenant le dé. Il me sourit à son tour, puis détourne le regard pour compter son argent. Je ris en voyant son air joyeux. Aiden a toujours aimé jouer au Monopoly et c'est le champion pour acheter des maisons et des hôtels.

Il agit comme si le jeu était la vraie vie et il déteste perdre, ce qui lui arrive très rarement – une seule fois, à ce jour.

– Réfléchir n'est pas agir, dit-il avec un visage sévère. Lance le dé et joue.

– Tu vois ce que je te disais, Xander ?, dit Liv en l'embrassant. Aiden prend ce jeu trop à cœur. Il pense qu'il achète réellement de vraies maisons et de vrais hôtels.

– Ne sois pas mauvaise joueuse, Liv, rétorque Aiden.

– Nous commençons à peine, tu n'as pas encore gagné, lui répond-elle en riant.

– Pas encore, reprend-il d'un air suffisant avant de se tourner vers moi. Tu joues, oui ou non ?

– Oui, je joue, pfff. (Je lance le dé et fais avancer mon pion.) Je n'achète pas, dis-je après avoir jeté un œil à ma réserve de billets.

– Quoi ? (Aiden me regarde comme si j'étais folle.) Comment peux-tu ne pas acheter ? Il faut toujours acheter.

– Je fais des économies.

Je hausse les épaules tout en réajustant la bretelle de mon top. Les yeux d'Aiden suivent ma main, et son regard devient plus intense comme je remonte la bretelle de mon soutien-gorge. Il se penche vers moi. Je crois qu'il va m'aider à dégager mes doigts qui sont pris dans la bretelle, mais il n'en fait rien. Je reprends mon souffle et lui ses distances.

– C'est à ton tour, lui dis-je gentiment.

– C'est un mauvais choix. Combien de fois dois-je vous répéter, à Liv et à toi, de toujours acheter une propriété ?

– Je n'en avais pas envie.

Liv lève les yeux au ciel tandis que Xander commence à sourire.

– Eh bien, tu aurais dû, insiste Aiden en prenant le dé. Je sais que cela te plaît d'être compliquée, Alice, mais tu devrais vraiment m'écouter lorsqu'il s'agit de jeu de société.

– Je sais, je sais. Tu as toujours raison. Tu es le roi du Monopoly, le seigneur dès lors qu'il s'agit d'acheter de fausses propriétés, le maître de l'univers.

– Le maître de l'univers, vraiment ?

Aiden sourit et se passe la langue sur les lèvres.

– Je ne sais pas si je suis le maître de l'univers, mais je peux être le maître d'autres choses.

J'ai le souffle coupé et je détourne les yeux en rougissant. Aiden est-il en train de confirmer ce que Xander m'a dit ? Il n'y a aucune raison pour qu'il sache que je suis au courant de ses penchants SM. Je regarde ses mains et je frissonne en les imaginant me faire des choses cochonnes. Très, très cochonnes.

– Quelles autres choses ? (Je baisse les yeux sur sa ceinture.) Des choses en cuir ?

– Des choses en cuir ?

Nos regards se croisent sans que je puisse déchiffrer son expression.

– Bon, d'accord, j'achète cette avenue.

Il change de sujet et je regarde Liv qui semble déconcertée. Il faut vraiment que je lui raconte ce que Xander m'a dit. Je sais qu'elle va être gênée d'entendre que son frère est dominant, mais ma santé mentale en dépend.

– Vous êtes prêtes à me donner tout votre argent, petites garces ?

Aiden semble euphorique. Liv en a le souffle coupé.

– Est-ce une façon de parler aux femmes ?, demande-t-elle sur un ton acerbe. Garces ? C'est ça, Aiden ?

– Non. Désolé, les filles, je me suis un peu emballé. Toutes mes excuses à vous deux, douces damoiselles.

– Je ne suis pas une damoiselle. Ne te sens pas obligé d'être gentil avec moi, je réplique.

– C'est bon à savoir, me répond Aiden avec un clin d'œil. (Il me dévisage pendant quelques secondes.) Quelqu'un veut une bière, ou autre chose ?

– Je viens avec toi chercher les bières, dit Xander en se levant. Les filles ?

– Je vais prendre un Blue Moon, s'il te plaît, et des chips.

– Moi aussi. Et apporte aussi de la sauce.

– Autre chose, ma'am ?, la taquine Xander.

– Oui, du pop-corn, ajoute-t-elle en lui tirant la langue. N'oublie pas !

– Comment pourrais-je l'oublier ?

– Que se passe-t-il ?, me lance Liv dès qu'ils sont sortis.

– De quoi tu parles ?

– Mon frère et toi, vous êtes en train de flirter. (Elle pointe un doigt vers moi.) Maître de l'univers et damoiselle en détresse ? À quoi vous jouez tous les deux ?

– À rien, hélas. J'aimerais bien que ce soit le cas, j'aimerais qu'il s'intéresse à moi.

– Alice, crois-moi, Aiden te drague. (Elle penche la tête sur le côté.) Pourquoi ai-je la curieuse impression qu'il y a quelque chose dont tu ne m'as pas parlé ?

– Liv, je chuchote tout en fixant la porte du regard. Tu ne vas pas croire ce que je vais te dire.

– Oh, mon Dieu ! Quoi donc ?

Elle se penche en avant avec impatience.

– Xander m'a dit… (Je baisse encore la voix.) Surtout, ne lui dis pas que je t'en ai parlé.

– Mais bon sang, qu'est-ce qu'il t'a dit ?

– Chuut, Liv ! Je n'ai pas le temps de t'en parler maintenant, je te le dirai plus tard.

– Tu me tues ! Je ne peux pas attendre.

– Sérieusement, je ne peux pas te le dire maintenant.

– Donne-moi un indice, au moins. Tu ne peux pas me laisser mariner comme ça.

– Je ne te laisse pas mariner. Je peux juste te dire qu'Aiden aime avoir le contrôle.

– Hein ? Qu'est-ce que cela veut dire ? (Liv semble perdue.) Qu'entends-tu par « Aiden aime avoir le contrôle » ?

– Je veux dire qu'il aime commander, dis-je en insistant sur le dernier mot et en écarquillant les yeux.

J'imite le mouvement rapide d'une claque avec la main, mais je vois bien que Liv ne saisit pas l'allusion.

– Voilà les bières.

Aiden entre dans le salon à ce moment-là et je rougis en prenant la bouteille qu'il me tend. Chaque fois que je regarde Aiden, maintenant je ne pense qu'à une chose : il me donne une tape sur les fesses ou bien il joue au caïd avec moi dans la chambre. Malheureusement, je ne sais pas vraiment comment fonctionne une relation SM. Il va falloir que je me renseigne si je veux lui faire croire que ce type de sexualité m'intéresse.

– Alors, à qui est-ce le tour maintenant ?, demande Aiden en me tendant les chips.

– Liv. (Elle est occupée à embrasser Xander.) À toi, Liv.

– Oh, désolée, répond-elle avec un petit sourire tandis qu'elle s'amuse avec les cheveux de Xander.

Je regarde le jeu et je souris en mon for intérieur pendant que nous attendons.

– Cela me rappelle le bon vieux temps, dit Aiden d'une voix douce.

– Ah bon ?

– Liv, occupée à penser à un garçon, et nous qui devions attendre. Tu te souviens de ce soir où nous jouions ?

– Oui, réponds-je tranquillement, surprise qu'il s'en souvienne. J'avais treize ans et toi dix-huit. C'était le jour de la Saint-Valentin.

– Ouais. Et tu étais très contrariée parce que Liv avait passé toute la nuit à discuter avec son copain au téléphone.

– Quel copain ?, demande Xander en fronçant les sourcils.

Liv a un petit rire et lui donne un coup sur l'épaule.

– J'avais treize ans. Il s'appelait Lucas Johnson, il avait quatorze ans, et je pensais que nous allions nous marier et vivre heureux pour toujours.

– Huumm, fait Xander d'un ton légèrement jaloux.

– Ils ne se voyaient pas vraiment, je précise. Liv avait juste un petit faible pour lui et ils passaient la plupart de leurs conversations téléphoniques à parler de catch.

– Et de *heavy metal*. Je ne sais pas comment il pouvait croire que j'aimais écouter du *heavy metal* !

– Du *heavy metal* ?, répète Xander, visiblement perdu.

– Liv lui avait dit qu'elle adorait le *heavy metal* et le catch parce qu'il aimait bien ça et qu'elle voulait se rapprocher de lui.

Je ris en repensant aux mensonges idiots que nous inventions lorsque nous étions adolescentes.

– Il aimait parler de musique, précise-t-elle pour se défendre. J'avais l'habitude de chanter cette chanson des Guns and Roses chaque fois que je le voyais.

Nous entonnons en même temps à tue-tête *Knock, Knock, Knocking on Heaven's Door !*, le seul titre des Guns and Roses que nous connaissons, puis nous éclatons de rire.

– En fait, vous êtes restées un peu immatures, non ?, demande Xander d'un ton amusé, en regardant Liv amoureusement.

– Je ne dirais pas immatures, je rétorque sur la défensive, en pensant à mes manœuvres pour essayer de séduire Aiden.

– Nous ne sommes pas immatures, nous aimons simplement nous amuser, renchérit Liv en donnant une tape sur le bras de Xander.

– Hum, hum, fait Aiden en me regardant fixement.

Je me demande à quoi il pense. Il affiche un demi-sourire et j'ai très envie de l'embrasser. Je laisse échapper un soupir involontaire ; son regard descend sur mes lèvres puis remonte vers mes yeux. Un frisson me parcourt. Tout le monde s'est tu. Je me sens tendue et excitée. J'ai du mal à respirer. La tension entre nous est palpable et j'attends en retenant mon souffle qu'il dise quelque chose.

– Revenons à mon histoire. Tu te souviens comment je t'ai sauvée de la dépression éternelle et de la désillusion ?

– Hum, hum, dépression éternelle et désillusion, rien que ça !

Je joue l'étonnée, mais mon cœur s'emballe. Je me souviens de ce soir-là comme si c'était hier. C'est un de ces moments qui me rappelle pourquoi j'ai craqué pour lui.

J'avais treize ans et j'étais un peu gauche. En fait, Liv et moi avons été deux adolescentes un peu gauches. Nous avons été des élèves moyennes, toutes les deux avec des bagues aux dents et une légère acné. Pas des ados cool, mais pas réellement rebelles non plus. Nous avons juste été normales, un peu niaises, nous intéressant aux garçons, parlant d'eux et espérant vraiment nous faire remarquer par un mec mignon. Liv m'avait invitée pour une soirée pyjama le jour de la Saint-Valentin, mais elle avait reçu un appel environ dix minutes après mon arrivée et je m'étais assise dans le salon des Taylor pour regarder la télévision avec ses parents en me sentant un peu seule. Scott et Chett étaient sortis, et Aiden travaillait pour un examen quelconque. À treize ans, je me sentais un peu nulle et j'avais été super excitée lorsqu'en me voyant assise avec ses parents devant la télé, Aiden m'avait demandé si je voulais être sa Valentine. À ce moment-là, il n'y avait pas de sous-entendu romantique – j'avais treize ans et il en avait dix-huit – ; il avait simplement voulu me réconforter.

Évidemment, j'avais accepté avec empressement. Aiden était pour moi une sorte de dieu grec, à la fois excitant et intouchable. J'avais sauté du canapé à toute vitesse et nous nous étions rués sur le placard des jeux de société dans la cuisine. Il avait pris le Monopoly (son jeu préféré) et m'avait demandé si je voulais partager une pizza. Là encore, j'avais accepté, même si j'avais déjà dîné chez mes parents. Aiden avait sorti une pizza du congélateur et nous avait servi un verre de Sunkist à l'orange. Nous nous étions assis à la table de la cuisine et nous avions joué toute la nuit au Monopoly. Je m'étais sentie aux anges, surtout quand il m'avait préparé des fraises pour les tremper dans le chocolat.

C'était sans doute la première fois que j'avais pensé à Aiden d'une façon vraiment romantique. Je n'en revenais pas de voir combien il s'était montré attentionné. Je me souvenais encore des mots qu'il avait prononcés lorsque je lui avais avoué redouter de ne jamais trouver l'âme sœur. Liv avait son Valentin et elle m'avait laissée regarder la télévision avec ses parents. Moi, je n'avais personne.

Il n'avait pas ri et avait ajouté que j'étais trop jeune pour avoir de telles inquiétudes. Il ne m'avait pas traitée de nulle. Il n'avait fait aucun commentaire sur le fait que j'avais treize ans et que j'étais trop jeune pour aimer. Non, il m'avait souri, il avait pris ma main et s'était penché vers moi pour me regarder droit dans les yeux. D'une voix grave, il m'avait dit qu'un jour, je rencontrerais un garçon qui me donnerait le sentiment d'être la seule fille au monde. Un jour, je me moquerais de la Saint-Valentin parce que chaque jour de ma vie serait spécial. Que l'homme que je finirais par trouver vaudrait la peine d'avoir attendu et que je ne devrais jamais me contenter de quelque chose qui ne soit pas le véritable amour. Il avait ensuite caressé mes cheveux et m'avait dit qu'un jour, je rencontrerais la bonne personne, l'homme qui m'était destiné et que rien ne serait plus important pour moi que cet homme-là.

À cet instant, j'avais su au plus profond de mon cœur qu'il était cet homme-là. Je n'avais rien dit, bien sûr, car je savais qu'il me voyait simplement comme la meilleure amie de sa petite sœur. Je savais que j'étais quelqu'un dont il prenait soin, qu'il me considérait encore comme une petite fille. Pourtant, au fond de moi, j'avais su. Il était cet homme pour moi. L'instant n'avait pas duré longtemps car il avait lâché ma main quelques secondes plus tard pour se concentrer sur la partie de Monopoly et me gronder de ne pas avoir mis à niveau mes maisons par rapport aux hôtels, mais je m'en moquais. Le fait qu'Aiden ait passé la Saint-Valentin à essayer de me réconforter avait signifié davantage pour moi que n'importe quoi d'autre au monde. Cela voulait dire que je pouvais supporter son air supérieur lorsque nous jouions au Monopoly, parce que je savais au fond de moi que même si Aiden était autoritaire et arrogant, il avait un cœur en or et se souciait de moi et de mes sentiments. Je savais que c'était un garçon sur lequel je pourrais toujours compter.

– Alice, c'est à toi de jouer.

La voix d'Aiden me détourne de mes pensées et je cligne lentement des yeux en le regardant, oubliant momentanément que j'ai vingt-deux ans désormais, et non plus treize.

– Désolée.

Je prends le dé et le fais rouler doucement. Je me demande s'il se souvient de notre conversation ce soir-là, de la façon dont il m'a dit d'attendre l'homme qui me conviendrait. Je me demande s'il sait que j'ai pensé que c'était lui. Que dirait-il s'il connaissait les plans que je prépare pour nous deux ? Je soupire intérieurement. Une partie de moi me conseille d'être simplement patiente et de laisser faire le destin, mais d'un autre côté, je me sens trop impatiente pour attendre plus longtemps.

5.

Tous les athlètes ne sont pas en forme

Avez-vous jamais éprouvé la sensation que vous pourriez passer du rire aux larmes en une seule seconde ? Comme si vous ne saviez pas comment exprimer vos sentiments. Voir Aiden à l'entraînement de flag football une semaine après notre soirée jeu de société, vêtu de son short noir et de son tee-shirt blanc moulant, me fait cet effet. Je suis tellement submergée par l'émotion que pendant quelques secondes, j'ai l'impression de manquer d'air.

– Alice, qu'est-ce que tu fais ?

Liv me pousse en avant au moment où je m'arrête en plein milieu du terrain.

– Aiden, dis-je d'une voix faible.

Mes jambes vacillent, mon cœur bat à toute vitesse et j'ai le visage en feu. J'ai l'impression d'avoir à nouveau dix ans et de voir mon amoureux de l'époque, Tommy Walker, assis pendant le cours d'anglais, se passant les mains dans ses longs cheveux blonds de surfeur.

– Ça va ?

– Oui, tout va bien.

J'inspire longuement et me remets en marche.

– Salut Liv, salut Alice, nous lance Aiden en nous faisant un rapide geste de la main avant de reprendre ses étirements.

– Salut, dis-je dans un souffle.

– Salut, l'intello, lui crie Liv.

Elle rit tandis qu'il hoche la tête. Il semble surpris de nous voir là.

– Grandis un peu, Liv.

Aiden semble sur le point d'ajouter quelque chose, mais il se tait. Il me regarde et me sourit.

– Salut, Alice.

– Salut.

Je voudrais dire plus qu'un simple bonjour. Je voudrais dire quelque chose de drôle et de spirituel, je voudrais le faire rire pour qu'il pense : « Ouah, Alice est vraiment drôle, belle et intelligente. Il faut que je m'intéresse à elle. » Mais bien sûr, tout ce que je trouve à répondre, c'est « Salut ».

– Alors maintenant, vous vous intéressez au football ? Au football ou aux footballeurs ?

– Très drôle, Aiden, réplique Liv en élevant la voix. Heureusement que mon fiancé n'est pas là pour entendre ça.

– Entendre quoi ?

Sorti de nulle part, Xander fait son apparition, et je le vois regarder Liv comme s'il voulait la dévorer. Si seulement Aiden pouvait me regarder comme ça…

– Aiden pense que nous sommes venues ici pour rencontrer des garçons, dit Liv d'une voix résolument sarcastique.

En ce qui me concerne, Aiden a raison : j'ai envie de rencontrer des garçons. Enfin… surtout un.

– Vraiment ? Avec moi qui suis là aussi, c'est embêtant.

– C'est tout ?, rétorque Liv, les mains posées sur les hanches. C'est embêtant ? C'est tout ce que tu trouves à dire ?

– Tu ne penses pas que c'est gênant ?

– Alors cela ne te dérangerait pas que j'essaie de draguer un autre type ? Elle a l'air furieux. Tu serais juste légèrement ennuyé ?

– Bien sûr que non. Tu préfères que je dise que je lui flanquerais mon poing dans la gueule ?

– Je rejette la violence, répond Liv d'un ton sérieux, puis elle éclate de rire. Mais oui, je me sentirais mieux.

– Hé, Liv !, crie Henry en arrivant en courant sur le terrain. Henry est le frère cadet de Xander et il est superbe : mêmes cheveux foncés et courts que Xander, mêmes yeux verts et un corps de footballeur, avec de longues jambes, des cuisses et des mollets musclés et un torse à la Michel-Ange.

– Salut, Alice. (Il siffle en nous regardant.) Vous êtes toutes les deux bien élégantes pour un match de flag football.

– Merci.

Je lui rends son sourire. Xander et Aiden froncent les sourcils au moment où Henry nous serre rapidement dans ses bras.

– Je ne savais pas que vous vous intéressiez au football.

– Eh bien, maintenant tu le sais. Nous voulons faire un peu d'exercice.

– Ouais, nous voulons avoir un ventre plat, poursuit Alice, et des fesses rebondies.

– Je ne serais pas contre l'idée de sortir avec l'une de vous deux, commente Henry en nous faisant un clin d'œil.

– Alice est célibataire, répond Liv. (Je rougis tandis qu'Henry me jette un regard intéressé.) Vous devriez sortir ensemble un de ces soirs.

– Cela me plairait, cela me plairait beaucoup, répète-t-il en me regardant de la tête aux pieds.

– Bon, on joue ou quoi ?, interrompt Aiden et je sens ses yeux me transpercer. C'est un terrain de flag football, pas un site de rencontres.

– Arrête de jouer les rabat-joie. Si Henry et Alice veulent s'arranger une rencontre torride, c'est leur affaire.

– Liv, sérieusement, grandis un peu, lui répond Aiden, la voix dure, puis il se retourne et siffle. Bon, les gars, on commence. S'il vous plaît, approchez-vous pour que nous formions les équipes.

– Autoritaire, comme d'habitude, me murmure Liv tandis que nous nous dirigeons vers le groupe qui s'est rassemblé devant Aiden. Je ne comprends vraiment pas pourquoi tu veux sortir avec lui. Il est insupportable.

– Peut-être que ce sale caractère fait des étincelles au lit. Quelque chose de très *supportable*, au contraire.

– Tu me raconteras. Bien sûr, pas dans les détails, mais je compte sur toi pour me dire si le sexe le rend plus aimable.

– Si nous y arrivons, je soupire. Au rythme où vont les choses, nous ne sommes pas encore au lit !

– Qu'est-ce qui prend du temps ?, demande Xander qui s'est rapproché de nous.

– Aiden et Alice.

– Je croyais que c'était déjà fait.

– Oui, nous avons couché ensemble une fois. Mais je me demande si cela va se reproduire.

Ma voix a monté d'un cran malgré moi et je m'aperçois que quelques joueurs me regardent.

– Tu es prête, Alice ?, me demande Aiden d'un ton sarcastique. Ou tu préfères qu'on attende que tu aies fini de raconter ta vie sexuelle ?

– Non, vas-y, je lui crie en le foudroyant du regard. *Quel type insupportable !* Je détourne la tête, furieuse d'être revenue à mon excitation d'adolescente. Je suis plus âgée aujourd'hui. Plus sûre de moi. Je ne suis plus une gamine immature. Je suis une adulte et je ne vais pas laisser Aiden me traiter comme une vilaine petite fille. En tout cas, pas en dehors de la chambre.

– Je suis content que tu sois dans mon équipe.

Henry me sourit au moment où nous nous retrouvons à l'extrémité du terrain, tout essoufflés.

– Moi aussi.

Je prends une profonde inspiration. J'ai le cœur qui bat fort après avoir couru et je voudrais m'écrouler par terre.

– L'autre équipe semble vraiment trop sérieuse, dit-il en regardant Aiden et Xander qui continuent de lancer le ballon.

– Je ne sais pas comment Aiden et Xander font pour se retrouver dans la même équipe. Cela semble presque injuste. Mais je suis contente parce que je ne me retrouve avec aucun d'eux.

– Pauvre Liv !

Nous la regardons crier après les deux garçons pour qu'ils lui passent le ballon.

– C'est sûr, dis-je en riant. Tu crois que nous devrions courir pour essayer d'attraper les drapeaux ?

– Non, pas encore. Nos coéquipiers peuvent gérer la défense pour le moment. On dirait que tu n'as pas encore tout à fait récupéré ton souffle.

– En effet. Je suppose que c'est le lot de ceux qui travaillent dans un bureau.

– Qu'est-ce que tu fais ?

– Rien de passionnant. Je suis assistante, secrétaire et réceptionniste pour une agence immobilière. C'est ennuyeux, mais cela paie les factures en attendant mieux, je confesse dans une grimace.

– Qu'est-ce que tu aimerais faire ?

– J'adorerais être actrice. N'est-ce pas la suite logique après avoir été assistante ?

– Je pense plutôt qu'il faut avoir été barmaid.

– Exact. Bon, d'accord, c'était un mensonge. Je ne veux pas vraiment être actrice.

– Oh ? C'est bizarre comme mensonge.

– Je sais, c'est idiot. Cela sonnait simplement plus glamour que ce que je veux vraiment faire.

– C'est quoi, alors ? Laisse-moi deviner. Tu veux préserver les insectes ?

J'éclate de rire.

– Pas du tout.

– Attends, laisse-moi une autre chance. (Il se pince les lèvres et semble réfléchir, ses yeux verts malicieux fixés sur moi.) Tu veux présenter de la lingerie chez *Victoria's Secret* ?

– Non !

– Quel dommage…

Il me fait un clin d'œil et je me sens rougir. Est-ce qu'il est en train de me draguer ?

– Cela n'arrivera jamais. Ce serait mon pire cauchemar.

– Qu'est-ce qui serait ton pire cauchemar ?

Liv arrive vers moi en courant, le visage tout rouge, le regard rageur après tout l'exercice physique que nous venons de faire.

– Être modèle pour de la lingerie.

– Quoi ? (Elle commence à rire.) Qui t'a proposé ce travail ?

– Personne. Henry disait simplement que…

– Liv ! Arrête de bavarder, crie Aiden qui arrive en courant.

Il la fusille du regard et donne un coup de sifflet.

– Tout le monde arrête !

– Pourquoi tu siffles ? Que se passe-t-il ?

– C'est ce que j'aimerais savoir. (Aiden fronce les sourcils puis me dévisage avant de détourner le regard.) Alice et Henry ne font rien et maintenant, c'est toi qui restes là à bavarder. Vous êtes sûrs que vous voulez participer à ces matchs ?

– Je joue, s'énerve Liv. Je me suis arrêtée parce qu'Alice me parlait de l'offre qu'elle a reçue pour présenter de la lingerie.

– Je n'ai pas dit que l'on m'avait proposé ce travail.

– Je pense qu'il y a eu une certaine confusion, rectifie Henry. Alice n'a pas encore reçu de proposition de travail, c'est juste le travail qu'elle rêve de faire, présenter de la lingerie chez *Victoria's Secret*.

– Non, pas du tout !, je m'exclame en regardant Aiden d'un air suppliant. Henry m'a demandé si je voulais poser comme modèle pour de la lingerie et j'ai dit non.

– Je me fous de vos sujets de discussion. Réserve tes discussions personnelles pour après le match.

– Euh… Je joue. J'essayais juste de récupérer un peu parce que je me sentais fatiguée d'avoir couru.

– Tu peux peut-être l'emmener à ta salle de sport et l'entraîner ?, suggère Liv. Qu'en dis-tu, Aiden ?

– Je suppose que oui.

Mon cœur s'affole à l'idée d'un tête-à-tête avec Aiden.

– Tu peux venir dans ma salle de sport si tu veux. Je suis un super coach personnel, me propose Henry en souriant.

– Oh, merci.

J'ai du mal à cacher ma surprise. Je pensais qu'Henry se montrait simplement gentil avec moi, mais maintenant, je n'en suis plus si sûre. Est-ce qu'il est en train de me draguer ?

– Je pense que ce serait amusant. En plus, nous pourrions terminer cette conversation sans avoir un sifflet qui nous casse les oreilles.

– Terminer quelle conversation ?, demande Aiden en s'avançant vers nous.

– Alice me racontait ce qu'elle aimerait faire comme métier.

Henry sourit, ignorant visiblement qu'Aiden n'a pas l'air très content.

– Elle veut être agent de casting pour les stars de la télévision qui se produisent dans des *reality shows*, assène Aiden en me dévisageant. Même si cela me fait mal d'appeler star une personne qui participe à un *reality show*.

– Comment le sais-tu ?, je lui demande, sous le coup de la surprise.

– Comment je pourrais ne pas le savoir ? Tu en as parlé des millions de fois.

– Je ne savais pas que tu prenais la peine de m'écouter.

– Je t'écoute toujours, Alice, réplique-t-il, les yeux fixés sur moi.

Mais je ne comprends pas ce que son regard me dit. Est-ce qu'il m'écoute parce qu'il m'apprécie ou parce que je parle trop ?

– Alors, c'est pour cela que tu as dit actrice ?

Henry pose son bras autour de mes épaules et je vois Aiden se pincer les lèvres et reculer. Liv me regarde, les yeux brillants de plaisir et d'excitation. Elle paraît être la seule à prendre plaisir à cette conversation.

– Ouais, actrice semblait être une réponse beaucoup plus honorable qu'un casting pour *The Bachelor*.

Je lui souris en rougissant tandis qu'il me caresse innocemment. C'est ce que je pense en tout cas.

– Je ne sais pas. Les deux semblent être des professions plutôt coquines.

– Coquines ? Pourquoi coquines ?

– Vous êtes prêts à jouer tous les deux ?, interrompt Xander, le regard réprobateur.

– J'étais prête. C'est Aiden qui a arrêté le jeu, pas moi.

– Oui, Xander. C'est Aiden qui a sifflé, comme s'il était une sorte d'arbitre. (Liv jette un regard furieux à Xander.) Ce doit être un match amical, il ne s'agit pas de la Ligue nationale de football.

– Ils ne jouent pas au flag football dans la Ligue, lui répond Xander avec un sourire amusé.

– C'est bien ce que je dis : nous ne sommes pas dans la Ligue nationale de football.

– Liv, si Alice et toi vous ne voulez pas faire d'efforts, alors vous pouvez partir.

Cette fois, Aiden a élevé la voix et mon cœur s'arrête.

– Lorsque nous faisons un match, nous jouons. Nous ne sommes pas ici pour entendre parler de vos vies sexuelles ou de la lingerie sexy que vous achetez. Ou bien du temps que vous devez passer à vous entraîner parce que vous ne pouvez pas vous maintenir à notre niveau.

J'ai du mal à croire ce qu'il vient de dire et je reste bouche bée. Rouge de honte, je fixe son visage arrogant et supérieur. Est-ce qu'il sous-entend que nous sommes des feignasses ?

– Aiden, tu n'es qu'un con prétentieux, lance Liv avant de se tourner vers Xander. Et toi, un beau connard.

– Moi, je suis un connard ? Je n'ai rien dit, se défend-il en levant les mains.

– Exactement. Comment tu peux laisser Aiden nous parler comme il le fait ?

– Quoi ?

Xander semble contrarié. Je suis sur le point de l'interrompre et de dire quelque chose lorsque Henry s'éclaircit bruyamment la gorge.

– Écoutez, c'est de ma faute. C'est moi qui parlais à Alice et qui ai monopolisé son attention. Je ne le ferai plus sur le terrain. J'attendrai que nous sortions pour boire un verre plus tard.

– Peu importe, répond Aiden en sifflant de nouveau. Si tout le monde est prêt pour reprendre le jeu, nous pouvons peut-être nous y mettre.

– Nous étions en train de jouer avant que tu ne nous fasses arrêter, Aiden, lance Liv d'une voix forte. Je pense que nous sommes tous prêts à reprendre, on attend juste tes consignes, tu es si fort pour donner des ordres...

– Arrête tes gamineries, Liv. Je pensais que tu commençais à te comporter comme une adulte maintenant que tu es fiancée.

– Pardon ?

Liv se dirige vers lui et, au passage, Xander l'attire pour lui murmurer quelque chose à l'oreille. Elle se tourne alors vers moi et me jette un regard exaspéré, comme pour me dire : « Pourquoi tu tiens tant à sortir avec mon frère ? C'est vraiment un pauvre type. »

Et pour couronner le tout, comme si cette journée ne nous avait pas déjà réservé suffisamment de moments embarrassants, une voix de gamin retentit sur le terrain :

– Me voilà, les mecs !

Nous nous retournons tous pour voir Scott arriver en courant vers nous, un large sourire sur son beau visage. Je sens l'angoisse m'étreindre en le voyant se diriger directement vers moi. C'est la dernière chose dont j'avais besoin. Je suis supposée rendre Aiden jaloux et nerveux avec des types rencontrés au hasard, pas avec le riche frère du fiancé de sa sœur ou son propre frère. Je me souviens encore du soir où Aiden a vu Scott en train de m'embrasser et je voudrais hurler ma frustration. Pourquoi faut-il que cela m'arrive à moi ? Pourquoi est-ce que ce sont les garçons dont je ne veux pas qui me tournent autour comme des vautours ?

– Salut, Alice. (Scott s'arrête près de moi et m'embrasse sur la joue.) C'est sympa de te voir ici.

– Salut, fais-je d'une petite voix.

Je jette un coup d'œil rapide à Aiden. Il me fixe du regard, le visage fermé et je lui fais un petit sourire. Il reste impassible.

– J'ai appris que tu allais jouer, alors je...

Aiden donne un gros coup de sifflet pour interrompre Scott.

– Scott, tu ne peux pas être dans l'équipe d'Alice. Et vous discuterez plus tard. Au bar. (Il se tourne ensuite vers moi en souriant légèrement.) N'oublie pas de prendre un numéro, Henry a déjà le sien pour lui parler en premier.

Il siffle à nouveau puis fait demi-tour. Personne sur le terrain ne comprend ce qui se passe, à l'exception de Liv, Xander et moi. Je ne pense qu'à une chose, aller voir Aiden que je trouve vraiment trop con. Je sais qu'il va me le faire payer quand je serai dans son lit, c'est sûr. Je repense à ce que Xander a dit à propos d'Aiden et de ses penchants SM, et je sais exactement comment je vais m'y prendre. Je vais faire en sorte qu'Aiden pense que je veux me soumettre à lui, mais au lieu de le laisser faire, je vais l'allumer jusqu'à ce qu'il me supplie d'arrêter. Je pourrai alors effacer ce petit sourire suffisant de son visage beaucoup trop beau.

– Au prochain match, il faut que nous leur mettions une raclée, me murmure Liv à l'oreille, en jetant un regard furieux vers son frère.

– Ouais. Nous allons leur montrer que nous, les filles, nous pouvons aussi les battre à plates coutures au football.

6.

Comment sauter sur les genoux d'un homme pendant un film d'horreur

– Aïe, j'ai encore des courbatures après notre match de football. Pourquoi est-ce que je suis en si mauvaise forme ?, dis-je en me touchant les mollets.

– C'est la même chose pour moi. Il faut que nous commencions à nous entraîner.

– Ce n'est pas une perspective réjouissante.

– Nous allons faire du tapis en salle. Et nous pourrions peut-être aussi nous entraîner à lancer le ballon dans le parc ?

– Pourquoi ?

– Pour nous préparer. Je veux que tout le monde voie que nous dominons complètement le jeu. Nous avons besoin de montrer à Aiden et à Xander que nous ne sommes pas des filles molles et fragiles.

Je n'ai pas du tout apprécié la manière dont ils m'excluaient du jeu.

– Je sais. Ce n'était pas sympa du tout.

– Nous devons montrer à ces garçons que les filles peuvent aussi en découdre en sport.

– Je suppose. (Je soupire en étirant les jambes.) Même si je ne sais pas si je botterai jamais les fesses de quelqu'un au foot.

– Oui, tu le feras, Alice. Tu dois être optimiste.

– J'essaie. En tout cas, j'essaie d'avoir une attitude positive vis-à-vis d'Aiden.

– À propos, revoyons le plan. (Elle regarde son carnet.) Je vais inviter Aiden à venir voir un film pour enterrer la hache de guerre. Il pense que nous n'étions pas à notre place hier sur le terrain de football et que nous ne devrions pas nous disputer comme cela devant les autres.

– Depuis quand se préoccupe-t-il d'avoir l'air d'un imbécile devant les autres ?

Je suis surprise, mais contente d'apprendre qu'il va venir.

– Depuis qu'il a compris que je ne suis plus une enfant. Bon, je vais lui dire d'apporter un film et une bouteille de vin : il nous doit bien ça pour se faire pardonner.

– Mais tu ne seras pas là, c'est ça ?, je demande, pour m'assurer que le plan n'a pas changé depuis ce matin.

– Je serai là quand il arrivera, mais juste avant le début du film, je partirai précipitamment parce que Xander aura besoin de moi.

– Il sait qu'il aura besoin de toi, c'est sûr ?

Je suis sceptique. Je ne suis pas certaine que nous puissions compter sur l'aide de Xander.

– Fais-moi confiance, il sait qu'il va avoir besoin de moi. Je lui ai dit de m'appeler à vingt heures pile. Je lui parlerai et puis je partirai. Et Aiden et toi, vous pourrez regarder le film. J'ai demandé à Aiden d'apporter un film d'horreur...

– Oh non ! Tu sais que je déteste les films d'horreur.

– C'est bien pour ça que je lui ai demandé d'en apporter un. Tu crieras, tu sauteras dans ses bras et il te protégera.

– De la télévision ?

– Disons qu'il posera son bras sur tes épaules pour te réconforter du danger que tu verras à l'écran et tu pourras te blottir contre lui. Allez, Alice, tu sais comment ça se passe. C'est toi qui m'as appris le truc du film d'horreur.

– Je sais. Mais je sens que ça ne va pas marcher avec Aiden.

– Ça marche avec tous les hommes, même avec ceux qui sont totalement repliés sur eux-mêmes et qui sont déjà en couple. Dans ce dernier cas de figure, c'est vrai qu'il y a peu de chance que cela se conclue par un baiser.

– Et pas davantage de chance avec Aiden.

– Alice, s'il te plaît, fais un effort.

– D'accord, je vais regarder un film d'horreur avec lui. J'espère simplement qu'il n'aura pas l'impression d'avoir été pris au piège et qu'il ne partira pas. Il ne semblait pas vraiment s'intéresser à moi pendant le match de football.

– Nous courions sur le terrain dans tous les sens, il n'avait pas le temps de flirter.

– Peut-être. Mais reconnais que son attitude indiquait tout le contraire.

– Il jouait au type jaloux, totalement macho. Crois-moi, il s'intéresse à toi. Même Xander est de mon avis. Même s'il ne m'a toujours pas dit qu'il t'avait prévenue qu'Aiden était un dominant. (Elle semble contrariée.) Et j'y ai fait allusion aussi.

– Oh, Liv ! Tu n'es pas censée le savoir, tu te souviens ?

Je joue avec une mèche de cheveux avant de reprendre :

– Xander pense vraiment que je plais à Aiden ?

– Oui, répond-elle en souriant. Mais il pense aussi que tu plais à Scott et à Henry. Et à cet autre type aussi, monsieur Je-ne-sais-pas-son-nom.

– Qui ça ?

– Jackson. Le type qui n'arrêtait pas d'essayer de t'aborder.

– Oh, le grand type avec le nez crochu et les cheveux blonds décolorés ?, dis-je en faisant la grimace. On aurait dit qu'il essayait d'attraper mes seins.

– Ouais, lui. (Liv éclate de rire.) Il a aussi essayé avec moi et Xander lui a donné un coup de coude.

– Oh, Xander !, je m'exclame en riant.

– J'adore lorsqu'il est jaloux. Mais revenons à nos moutons. C'est l'occasion idéale pour toi de dire que tu as toujours été friande d'expériences.

– Quelles expériences ? La drogue ?

– Mais non, idiote ! Des expériences au lit.

– Oh ! Tu penses que je devrais lui dire que je veux savoir ce que c'est que d'être soumise ? Ce n'est pas trop tôt ?

– Si, c'est trop tôt. Tu ne dois en aucun cas évoquer ta volonté d'être soumise. C'est beaucoup trop évident et honnêtement, je ne veux pas penser à toi et à mon frère dans une relation SM, ajoute-t-elle du même ton mélodramatique que le lendemain de la soirée où nous avions joué, quand je lui avais raconté ce que Xander m'avait appris sur Aiden.

– Alors, que dois-je dire ?

– Dis simplement, par exemple, que tu as toujours été intriguée par les couples qui ont des styles de vie alternatifs et que tu aimerais rencontrer un homme qui pourrait te posséder et te dominer.

– Je ne vais certainement pas dire ça ! En fait, pour rien au monde je ne vais dire quelque chose de ce genre. C'est tout aussi nul que de parler de moi en fille soumise et de lui en homme dominant.

– Bon, d'accord. Ou alors que tu souhaiterais rencontrer un homme qui aime prendre les choses en main ?

– Hum… Autant lui demander directement de m'emmener dans sa chambre.

– Ce n'est pas ce que tu veux ?, réplique-t-elle avec un clin d'œil.

– Si, mais pas parce que j'aurai fait une remarque comme ça. On croirait que je le supplie de me sauter dessus.

– Et c'est faux ?

– En fait, non ! (J'éclate de rire.) Mais je ne veux pas qu'il me saute dessus parce qu'il pense que je suis une obsédée sexuelle qui l'implore de la prendre et de la dominer.

– Il ne va pas penser cela, crois-moi.

– Quoi qu'il en soit, je ne veux pas dire ça. Je vais réfléchir à quelque chose.

– Mets une tenue sexy aussi.

– Liv, comment je vais pouvoir mettre une tenue sexy ? Je ne peux pas porter une nuisette sexy par exemple, puisque tu seras là aussi. Réfléchis !

– Je sais, je sais. Je veux tellement que vous deux, vous sortiez ensemble. (Elle se frotte les mains nerveusement.) Tu te rends compte ? Nous pourrions sortir tous les quatre et voyager ensemble.

– Ce serait sympa. Qu'en pense Xander ?

– Je n'en sais rien. Je suis toujours contrariée qu'il t'ait demandé de ne pas me dire qu'Aiden était dominant.

– Il voulait simplement te protéger.

– D'accord, mais pourquoi ne pourrais-je pas savoir que mon frère est comme ça ?

– S'il te plaît, ne dis rien à Xander.

Je ne voudrais pas que Xander m'en veuille et qu'il ne me donne plus aucune information sur Aiden. J'en ai vraiment besoin, et il est le seul à pouvoir m'en donner.

– Ne t'inquiète pas, je resterai muette. Maintenant, revenons à ta tenue. Que vas-tu porter ?

– Je ne sais pas. Je ne veux pas que ce soit trop voyant. D'autant plus qu'il a une petite amie.

– Ce n'est pas sa petite amie. Il est juste sorti plusieurs fois avec cette fille.

– Il est sorti plusieurs fois ? Comment le sais-tu ?

– Je ne connais que celle-là. Je suppose qu'ils se sont vus plus d'une fois, non ?

– Je suppose aussi. Pourquoi est-ce que cette garce court après le garçon qui me plaît ? Je suis horrible ! Je parie que c'est une fille sympa et je la traite de garce. Elle n'a visiblement rien d'une garce.

– Ah bon ?

– Elle est allée étudier à Dartmouth pour son premier cycle. Elle a aussi un chien et un hamster et elle aime jouer au squash.

– Quoi ?, s'exclame Liv. Comment tu sais tout ça ?

– Par mon copain Google. En plus, elle a un blog où elle parle de sa vie, dis-je en levant les yeux au ciel. Et elle a des photos de Frodo son hamster et de son chien Noireaud.

– Ne me dis pas que son chien est noir ?

– Gagné !, je confirme en ricanant. Qui appelle encore son chien noir Noireaud ?

– Bonjour l'originalité ! Elle doit disparaître. Tu es bien mieux pour Aiden.

– Je doute qu'il le pense.

– C'est un imbécile, conclut-elle tout en consultant son téléphone qui bipe. C'est Aiden, il sera là vers sept heures.

– Oh, mon Dieu ! Qu'est-ce que je vais mettre ? Il sait que je serai là ?

– Bien sûr. Où pourrais-tu être ?

– C'est vrai… Où pourrais-je être ?

J'attends au café deux rues plus loin que Liv m'envoie un texto pour me prévenir de l'arrivée d'Aiden. Nous avons décidé que je ne serai pas à l'appartement lorsqu'il arrivera. Je débarquerai une demi-heure plus tard et je parlerai de mon rendez-vous super excitant.

J'ai l'impression d'être une pute assise dans le café, vêtue de ma mini-jupe noire et de mon tee-shirt court blanc avec mon soutien-gorge pigeonnant rouge et mes hauts talons. Un homme âgé me reluque dans un coin du café, ses yeux vont et viennent sur moi comme si j'étais une pièce rare qui devait être étudiée au microscope pour ne rater aucun détail.

Je sirote mon *latte* qui est maintenant froid tout en fixant l'écran de mon téléphone. J'espère que Liv va se dépêcher de m'envoyer un texto. Je regrette déjà les mensonges que je vais servir à Aiden lorsque je vais rentrer à l'appartement. Je ne suis même pas certaine qu'il me croie. Qui donc peut bien aller à un rendez-vous en mini-jupe noire et rentrer chez elle à dix-neuf heures trente ? Je sais qu'en me voyant arriver, il pensera que je suis une pute ou une menteuse, et aucune de ces deux options ne me satisfait.

– Bonsoir, madame.

Une voix grave résonne près de moi, je lève les yeux. L'homme âgé que j'ai vu quelques instants plus tôt se tient debout à côté de moi. J'essaie de ne pas me reculer et je fixe son visage ridé. Il semble même plus âgé que ce que j'avais pensé. Il a la soixantaine, des cheveux gris en bataille et il lui manque une dent.

– Bonjour, réponds-je d'une voix qui couine.

– C'est combien ?

Il s'assied en face de moi et me fait un clin d'œil.

– Pardon ?

Je tourne légèrement la tête car il sent mauvais, l'œuf pourri.

– Combien ? Qu'est-ce que je peux avoir pour ce prix-là ?, me demande-t-il en sortant un billet de vingt dollars.

– Qu'est-ce que vous avez pour vingt… ?, je répète bêtement.

Je suis sans doute la plus idiote et la plus immature des filles de vingt-deux ans au monde.

– Une petite pipe ou une branlette peut-être aussi ?

Il a baissé la voix et je manque d'air tout à coup.

– Quoi ?, je m'écrie en me levant. À qui croyez-vous parler ?

– Huum ?

Il regarde autour de lui, un peu effrayé. C'est la meilleure ! C'est moi qui devrais avoir peur ! Ce vieux m'accoste et se comporte comme si j'étais une prostituée.

– Casse-toi, sale type, dis-je un peu fort.

Un jeune couple dans un coin nous regarde avec de grands yeux et des sourires gênés. Aïe ! Je suis tellement agacée que je prends mon café et je sors. Je suis furieuse d'avoir suivi l'idée de Liv. C'était idiot et Aiden ne se soucie probablement pas de savoir que j'avais un rendez-vous.

Je monte dans ma voiture et je rentre à la maison, déprimée. J'allume la radio et je retrouve le sourire en entendant *I'm Not the Only One*. Je chante avec Sam Smith en essayant d'oublier que ma vie est nulle. Pourquoi suis-je si mauvaise sur le plan relationnel ? Pourquoi ne puis-je pas approcher Aiden en restant normale ? Pourquoi ne puis-je pas simplement flirter et être honnête ?

Cela a certainement à voir avec mon enfance qui paraît être celle de tout le monde. J'avais deux ans lorsque mon père nous a quittées, ma mère et moi. Je n'ai aucun souvenir de lui. Ma mère s'est remariée lorsque j'avais quatre ans et mon beau-père m'a adoptée. Il me considère comme sa propre fille, je l'aime et je l'appelle Papa. Pourtant, je me suis toujours demandé qui était mon vrai père. Je ne l'ai jamais revu. Lorsqu'il est parti, il n'a pas regardé en arrière. Cela ne m'a pas vraiment préoccupée, jusqu'à mes quinze ans. À ce moment-là, j'ai décidé de partir à sa recherche. J'ai navigué sur Internet et je l'ai retrouvé. Je l'ai appelé et j'ai appris qu'il avait une nouvelle famille et deux autres enfants. Il m'a dit qu'il me rappellerait et que nous irions dîner ensemble. Il n'a jamais appelé, mais je n'ai pas renoncé. Je l'ai rappelé et il m'a dit qu'il m'inviterait à déjeuner un dimanche pour que je rencontre sa famille. Je devais le rappeler quelques jours plus tard pour avoir l'adresse. J'ai appelé, mais le numéro n'était plus attribué... Je n'ai plus entendu parler de lui. Et je n'ai pas non plus tenté de le recontacter.

Je sais qu'au plus profond de moi, le rejet de mon père est douloureux, mais j'essaie de ne pas m'y attarder. Au contraire, je tente de voir le côté positif de la vie. J'essaie d'être farfelue, de rire et d'ignorer simplement les choses qui me font me sentir mal. Mais à cet instant, cela n'est pas aussi facile.

Je me gare, le cœur lourd, et je coupe le contact. Ne pas être aimée de la personne que l'on aime est sans doute l'une des choses les plus dures dans la vie. J'ai beau garder espoir (peut-on vivre sans espoir ?), au fond de moi, je ne pense pas avoir la moindre chance, même si Liv essaie de nous convaincre toutes les deux du contraire. Je me sens comme une imbécile avec tous ces stratagèmes. Je ne pense pas que cela puisse fonctionner avec Aiden, compte tenu de notre passé. Mais je continue d'essayer. Aiden est dans mon cœur depuis mon plus jeune âge. Il ne sait probablement pas combien il compte pour moi. Il ne se doute pas qu'il est celui qui a cicatrisé mon cœur après le rejet de mon père.

– Je suis rentrée, je crie en ouvrant la porte de l'appartement, un large et faux sourire affiché sur le visage. Il m'a offert des roses.

Tant qu'à mentir, autant en rajouter. Le silence en retour me fait courir au salon.

– Liv ?, j'appelle d'une voix confuse, surprise qu'elle ne réponde pas comme cela était prévu.

– Liv, dis-je encore en entrant dans le salon.

– Elle est sortie.

Aiden est assis dans le canapé, bien droit, l'air amusé.

– Elle m'a demandé de t'attendre parce qu'elle a essayé de t'appeler et de t'envoyer un texto, mais tu n'as pas décroché.

– Ah bon ? (Je regarde mon téléphone.) Je n'ai aucun appel manqué.

– J'étais là lorsqu'elle t'a appelée.

– Il ne devait pas y avoir de réseau. Je vais changer d'opérateur, j'en ai vraiment marre de toujours rater des appels.

– J'ai pensé que tu ignorais peut-être son appel à cause de ton rendez-vous galant, lance-t-il en me regardant curieusement.

Je détourne les yeux, rouge de honte.

– Alors, où sont-elles ?

– Qui ?

– Les roses !

– Les roses ?

Je répète bêtement sa remarque, alors que je sais exactement de quoi il parle. Moi et ma mémoire de poisson rouge ! J'ai fait croire, comme prévu, que mon soupirant m'avait offert des fleurs, mais j'ai oublié de les acheter avant de rentrer !

– Celles que ton chevalier servant t'a offertes. Comment il s'appelle, déjà ?

– Tu veux savoir son nom ?

– Tu ne veux pas me le dire ?

– Euh…

J'ai soudain la tête vide.

– Tu étais avec Scott ?

– Scott ? Non, bien sûr que non !, je me défends avec une grimace.

– Henry ?

– Henry, le frère de Xander ?, je m'exclame, sous le coup de la surprise.

– Oui, le seul que je connaisse. Celui avec lequel tu as flirté toute la journée au flag football.

– N'importe quoi !

– Ne me dis pas que tu prévois aussi de te glisser dans son lit.

– C'est dégueulasse ! Je ne peux pas croire que tu aies dit ça.

Je scrute ses yeux azur et je vois qu'il est pris de remords.

– C'était moche, en effet. Désolé.

– Ouais.

Je reste plantée là, mal à l'aise. Cela ne se passe pas du tout comme prévu.

– Pourquoi es-tu encore là ? Liv est partie.

– Elle s'est dit que nous pourrions regarder le film tous les deux lorsque tu rentrerais.

– Mais tu ignorais quand j'allais rentrer.

– J'étais prêt à attendre.

– Ah ?

Je sens mon cœur battre plus fort.

– Ouais. Je voulais voir ce film, et Elizabeth n'aime pas.

– Ah…

– Je pensais le regarder avec Liv, mais avec toi, ce sera bien aussi.

– Comme c'est flatteur ! Ce sera bien aussi avec moi ?

– Ouais, ce sera bien. Tu t'assieds ou tu veux d'abord te changer ?, demande-t-il en riant.

– Me changer ?

Il est en train de regarder mes jambes.

– Ouais, te changer. Je ne suis pas sûr de pouvoir retenir mes mains, me dit-il droit dans les yeux.

– Oh !

Qui te demande de les retenir ?

– C'est une tenue un peu osée pour un premier rendez-vous. Quel décolleté ravageur !

– Tu as peut-être raison. Un type m'a demandé si j'étais une prostituée.

– Sans blague ?

Il éclate de rire.

– Il m'a demandé ce qu'il pouvait avoir pour vingt dollars.

– Non ! (Il rit de plus belle avant de se reprendre.) Ce n'était pas lui, ton rendez-vous ?

– En fait, si, c'est le seul homme que j'ai rencontré ce soir.

J'éclate de rire à mon tour.

– Oh, je suis désolé. (Il se mord la lèvre pour s'empêcher de rire davantage.) Alors, ce n'était pas vraiment un super rencard ?

– C'est le moins que l'on puisse dire. Et il n'y a pas eu de roses. J'ai juste dit ça pour que Liv n'ait pas pitié de moi.

J'ai honte de mentir, mais il ne doit pas se douter que je savais bien que Liv ne serait pas là.

– Je comprends. Va te changer et regardons ce film, nous pourrons peut-être modifier le cours de cette soirée.

– On commande des pizzas ?, je propose en sentent mon ventre gargouiller.

– Ça peut se faire.

– Super !

La soirée s'annonce finalement mieux que prévu. Je ne me suis pas trop mal sortie de mon histoire de rendez-vous, finalement je n'ai pas tant menti que ça.

– Pepperoni et…

– Pepperoni, jambon et oignons, m'interrompt-il en me faisant un clin d'œil. Je sais, Alice, fais-moi confiance.

– Je n'étais pas sûre que tu t'en souviennes, dis-je d'un ton détaché alors que je suis folle de joie.

– Toi et Liv, vous commandiez des pizzas presque tous les week-ends. Et en petites pestes que vous étiez, vous ne me laissiez pas choisir la garniture de l'autre moitié de la pizza. Alors, oui, je m'en souviens.

– Est-ce que tu me traites de peste ?, je demande, la main posée sur la hanche.

– À ton avis ?

– Je pense que tu me traites de peste, je confirme en faisant un pas vers lui.

– Tu gagnes en intelligence avec l'âge !, se moque-t-il.

– Tu vas regretter d'avoir dit ça !, dis-je en levant les poings.

– C'est une ruse pour essayer de me tripoter, Mamie ?

Je reste bouche bée. Comment a-t-il deviné que j'espère le peloter en douce ? Ai-je de la bave aux coins des lèvres à la seule idée le toucher ?

– Ah, ah, très drôle ! Je ne suis pas vieille et je me moque bien de te tripoter.

– Vraiment ? C'est dommage, me dit-il en me saisissant le bras et en m'attirant contre lui.

– Qu'est-ce qui est dommage ?

– Que tu n'aies pas envie de me toucher, précise-t-il d'un ton léger en faisant descendre ses mains le long de mon bras.

– Pourquoi ?, je murmure, le souffle court et le cœur au bord de l'explosion.

– Parce que j'aime beaucoup qu'on me touche. (Il me fait un clin d'œil avant de reculer.) Maintenant, va te changer pendant que je commande la pizza. On ne va pas y passer la nuit.

– Cela ne me dérangerait pas.

Pas du tout, même. Il peut m'empêcher de dormir vingt-quatre heures d'affilée, s'il le veut. Merde, même trente-six heures, s'il me supplie. Je l'imagine, m'embrassant le cou et me suppliant de ne pas dormir pour pouvoir me prendre encore une fois. Sentir son corps contre le mien, sur moi, le sentir se glisser en moi… Le rêve.

– Alice ?

– Euh… oui ?

– Tout va bien ? Tu étais en train de marcher et tout à coup, tu t'es arrêtée.

– Oui, oui, ça va. Merci.

Je me dépêche de rejoindre ma chambre. Il faut que j'arrête de fantasmer sur Aiden. Ou nous sortons ensemble, ou je passe à autre chose. Je suis obsédée par cette tension sexuelle entre nous, cela me rend dingue.

Je sors quelques débardeurs et des tee-shirts de mon armoire. Je ne sais pas quoi mettre. Mon tee-shirt Mickey Mouse fait trop gamine et il est loin d'être sexy, mais je ne veux pas non plus mettre un débardeur à bretelles pour qu'il pense que j'essaie de l'allumer. Je ne sais pas non plus si je dois mettre un soutien-gorge ou non. Si nous étions restées toutes les deux, Liv et moi, je n'aurais pas réfléchi. J'aurais enlevé mon soutien-gorge dans la minute, sans me poser la question de savoir si je mettais un tee-shirt avec un personnage de dessin animé. J'opte finalement pour un Marcel noir avec un soutien-gorge pigeonnant (les seins ne sont jamais trop hauts ni généreux) et un short noir. Après tout, j'ai de longues jambes, autant que je les montre. Je passe à la salle de bains pour me raser en vitesse parce que je vois pointer des poils sur mes jambes. Je ne voudrais pas qu'Aiden passe les mains sur mes mollets et sente des poils ou Dieu sait quoi.

– Salut, je lance d'un ton léger en revenant dans le salon.

Je fais la moue au « Salut » qu'il me renvoie sans même lever les yeux vers moi. Je viens de passer un quart d'heure à me maquiller pour avoir l'air belle, et il ne me regarde même pas ! Grr ! Je me plante devant lui.

– Tu as commandé la pizza ?

– Ouais, répond-il tout en jouant avec son téléphone.

Je me sens vraiment idiote d'être plantée là.

– Super…

Je ne peux quand même pas lui dire : « Salut, Aiden. Regarde-moi. Je me suis changée et je veux que tu prennes mon corps chaud. » Non, bien sûr, je ne peux pas le dire. Au lieu de ça, je reste sans bouger avant de m'affaler à côté de lui sur le canapé.

– Prête pour le film ?

Aiden me jette quand même un coup d'œil rapide avant d'allumer la télévision. Je suis sûre qu'il n'a même pas remarqué le bleu de mes yeux avec mon nouveau mascara.

– Oui, réponds-je avec agressivité.

– Oh ! Qu'est-ce qui se passe, Alice ?

– Quoi ?

– Tu as l'air fâché ?

– Ah bon ?

Je le dévisage. Il m'énerve, avec son sourire débile sur ses lèvres roses qui me donnent l'impression d'être une gamine capricieuse !

– Souris, Alice.

Il se penche vers moi et commence à me chatouiller.

– Arrête, dis-je en le repoussant dans un éclat de rire.

– Je veux te voir sourire.

Il continue ses chatouilles sous mes bras et sur mes genoux.

– Aiden, arrête !, je crie en essayant de me dégager de ses mains.

– Toujours aussi chatouilleuse.

Nous rions tous les deux et je lui attrape les doigts.

– Aiden…

J'ai le souffle court et le visage dangereusement proche du sien.

– Oui, Alice ?, répond-il d'un ton léger en se rapprochant un peu plus de moi.

– Arrête, s'il te plaît.

– Tu ne disais pas la même chose la dernière fois que je t'ai chatouillée, réplique-t-il avec un regard diabolique. Je crois même que tu avais aimé ça.

Il se rapproche de mon oreille. Je sens ses lèvres et son souffle sur mon lobe.

– Aiden !

Je saute du canapé, le cœur battant tandis que les souvenirs affluent. La dernière fois qu'Aiden m'a chatouillée, c'était pendant cette fameuse nuit. Il était resté en moi, sans bouger, et je m'étais demandé ce qui se passait. Puis il avait approché ses lèvres de mon oreille et avait sucé mon lobe. J'avais senti sa langue et son souffle chaud. Et j'avais ri parce que cela m'avait chatouillée. Je m'étais tortillée sous lui et il avait recommencé à bouger en moi, tout en continuant à respirer contre mon oreille. Cela avait été l'expérience la plus incroyable de ma vie. Tout mon corps était tendu et lorsque j'avais joui, j'avais ressenti un plaisir total. J'avais compris que c'était une expérience hallucinante, mais ce n'est qu'aujourd'hui, alors que j'ai connu d'autres garçons, que je sais qu'il s'agissait de quelque chose d'unique. Aucun homme ne m'a donné plus de plaisir qu'Aiden cette nuit-là.

– Excuse-moi. Je te taquinais, je ne te ferai plus de chatouilles.

– Que voulais-tu dire lorsque tu as mentionné le fait je n'avais pas dit ça la dernière fois que tu m'avais chatouillée ?

Je replie les jambes sous moi et je le regarde avec curiosité. Je suis pratiquement certaine de savoir à quoi il fait allusion – c'est un moment que je n'oublierai jamais. Mais je veux qu'il me dise le souvenir que lui garde de cette nuit-là. Je veux qu'il me dise qu'il se souvient encore de ce que cela lui a fait d'être en moi.

– Tu sais très bien de quel moment je veux parler, Alice. (Il regarde mes lèvres, puis remonte sur mes yeux.) Pourquoi me poses-tu la question ?

– Pour rien, réponds-je en baissant la tête.

– On commence à regarder le film et on fait une pause lorsque la pizza arrive ?

Cela m'énerve qu'il change de sujet. Quand va-t-il se décider à parler vraiment de cette nuit-là, sans tourner autour du pot ?

– Parfait.

Je ne veux pas commencer la soirée en discutant de choses sérieuses avec lui. Je sens une sorte d'attirance entre nous, mais je ne suis pas certaine de savoir de quoi il s'agit, ni ce qu'il pense vraiment de moi. Surtout maintenant qu'il voit Elizabeth Jeffries.

La pizza arrive quinze minutes plus tard, et je suis contente de faire une pause. Le film s'intitule *Orphan* et il me fait déjà peur. Malheureusement, je n'ai pas l'impression qu'Aiden et moi en soyons au stade du « laisse-moi sauter sur tes genoux et me cacher le visage contre ton épaule ».

– Je peux relancer le film ?, me demande-t-il doucement.

Je hoche la tête. Il va éteindre les lumières et revient s'asseoir.

– Tu éteins la lumière ?, je marmonne, la bouche pleine de la délicieuse pizza bien grasse.

– Impossible de regarder un film d'horreur sans être dans le noir.

Il sourit et appuie sur « Play ». J'étouffe un cri et fixe l'écran tandis que la gamine à l'allure bizarre avec ses grands yeux refait son apparition. Je sais qu'elle cache quelque chose. Ce n'est pas possible autrement. Pourquoi ses nouveaux parents ne le voient-ils pas ? Mon cœur se met à battre plus fort, je pressens que quelque chose de terrible va arriver. Je suis tellement absorbée par le film que je ne me rends même pas compte qu'Aiden se rapproche de plus en plus de moi sur le canapé, que son bras s'est posé sur mes épaules et que je me penche vers lui. Je m'en aperçois au moment d'une scène particulièrement effrayante, où je crie et me retrouve la tête appuyée contre son torse ferme et chaud. Il sent bon, une fragrance musquée comme du bois de santal, ou le sable au bord de l'océan, une nuit parfumée. Je le sens et me retiens de l'embrasser. J'aimerais m'imprégner de lui et de son odeur.

– Ça va ?

Ses mains caressent mon dos et me massent les épaules.

– Ce film est flippant.

– C'est un film d'horreur.

Il rit près de mon oreille et je sens une onde de chaleur m'envahir.

– Je sais, mais cela ne m'empêche pas d'avoir peur.

Je recule légèrement, mais ses mains me retiennent.

– Ne t'inquiète pas. Je vais prendre soin de toi, me dit-il en jouant avec mes cheveux.

– Tu penses que je suis un bébé ?, lui réponds-je en le regardant dans les yeux.

– Je ne le pense pas du tout, dit-il en rapprochant son visage du mien.

À mon tour, j'avance vers lui.

– Non ?

– Si je le pensais, je ne serais pas en train de faire ça.

Et il presse ses lèvres contre les miennes.

– Mmm…

Je ferme les yeux. Je l'attire plus près de moi par le cou. Ses doigts glissent dans mes cheveux et je me sens fondre. Ses lèvres sont douces et fermes, et sa langue pénètre dans ma bouche brutalement tandis que son baiser se fait plus profond et plus assuré. Ses doigts courent le long de mon dos et je me presse contre lui, en appuyant mes seins sur son torse musclé.

Il gémit tandis que j'ondule sur ses genoux ; je me délecte de sa respiration rauque. C'est viril, puissant et vigoureux et je me sens forte. Je poursuis mon mouvement et ses doigts se serrent autour de ma taille pour m'attirer plus près de lui.

– Tu sens la pêche, murmure-t-il contre mes lèvres et je suce sa lèvre inférieure pendant quelques secondes, la tirant doucement pour la mordiller.

– Oh, Alice…

Il fait descendre ses doigts le long de mon corps, passant lentement sur mes seins.

– Oui, Aiden ?

– Que sommes-nous en train de faire ?

Ses yeux plongent dans les miens, l'air interrogateur.

– Ce que nous avons envie de faire, réponds-je doucement tandis qu'une alarme résonne dans ma tête. Nous sommes tous les deux adultes. Nous pouvons faire ce que nous voulons.

Je passe les mains dans ses cheveux et je l'embrasse. Je sens un léger renflement sous moi, je sais qu'il est dur. Je dissimule un sourire et commence à frotter mon sexe sur son membre raide.

– Alice… (Il m'attrape par la taille et me maintient immobile.) Tu n'avais pas un rendez-vous ce soir ?

– Peut-être. Mais il ne s'agit pas d'une relation. J'attends toujours le garçon qui sera aussi audacieux que moi, dis-je en lui tendant la perche.

– Audacieux ?

Il me regarde avec curiosité, et je tente de dissimuler un sourire triomphant. Je voudrais aller droit au but, lui dire que je sais qu'il s'intéresse aux trucs sadomasos et qu'il est dominant. Je voudrais lui confier que je suis prête à aller très loin au lit avec lui, que je flashe sur lui depuis des années, que je suis amoureuse de lui depuis des années. Mais je ne peux pas dire tout ça.

– Oui, je cherche un homme qui puisse m'emmener là où je ne suis jamais allée au lit. Un homme qui puisse m'apprendre des choses dont je n'avais aucune idée jusqu'ici.

– Tu veux que quelqu'un t'apprenne des choses ?, dit-il en haussant les sourcils.

– Oui. Je veux un professeur dont je serai l'élève, dis-je avec audace, en ayant conscience que je me montre très explicite.

– Tu as trouvé ce garçon ?, me demande-t-il en se passant la langue sur les lèvres.

J'ai l'impression qu'il peut entendre mon cœur battre à tout rompre tandis que je le regarde dans les yeux.

– Peut-être.

– Peut-être ? Tu as toujours été quelqu'un de malin, Alice.

– Pas du tout.

– Je pense qu'un Aiden de vingt-deux ans ne serait pas du même avis, objecte-t-il en riant.

– Je n'ai rien calculé. Je voulais simplement être avec toi.

– J'ai pris ta virginité.

Je suis incapable de dire s'il pose une question ou s'il énonce des faits. Je ne réponds rien.

– Mais tu savais que c'était moi et tu as pourtant continué.

– Oui.

– Pourquoi ?

Je retiens mon souffle.

– À ton avis ?

Il penche la tête et me regarde, sérieusement cette fois.

– Je l'ignore. (Je me mords la lèvre et descends lentement de ses genoux.) Tu veux venir dans ma chambre ?, je lui propose en lui attrapant la main.

– Ta chambre ?

– Oui, ma chambre.

Je le regarde, sans chercher à dissimuler le désir que je ressens. Je remets mes cheveux en place d'un geste de la main et reste là, debout, m'offrant sur un plateau.

– J'ai des menottes dans ma chambre.

– Des menottes ?, répète-t-il en gardant les yeux fixés sur moi pendant quelques secondes.

Son téléphone vibre. Il y jette un coup d'œil dans un léger froncement de sourcils. Il se lève, dépose son téléphone sur la table basse, puis me regarde.

– Excuse-moi, j'ai besoin d'aller aux toilettes.

– Pas de problème.

Je fais alors quelque chose que je ne devrais pas. Je vous jure que je ne suis pas une fille indiscrète, mais je ne peux m'empêcher de regarder son téléphone. J'appuie sur l'écran et à ma grande surprise, le téléphone s'allume. L'écran n'est pas verrouillé. Il me suffit de presser sur la touche des messages pour voir qui lui a envoyé un texto. Je me fige. Quel nom apparaît ? Celui d'Elizabeth Jeffries.

Je fais la moue avant de me tourner vers la porte pour m'assurer qu'Aiden n'est pas déjà en train de revenir. J'écoute avec attention et je l'entends fredonner dans la salle de bains. Je regarde autour de moi, alors que je suis seule, et je reprends son téléphone. Je clique sur le nom d'Elizabeth, pleine de honte. Je parcours l'écran du bout des doigts, tout en continuant à jeter un œil autour de moi et au plafond, comme si quelqu'un avait pu y dissimuler une caméra. Un craquement soudain me fait lâcher le téléphone. Aiden serait-il sorti discrètement de la salle de bains sans que je le remarque ? Va-t-il me surprendre avant que je n'aie pu lire les messages ? Je pousse un soupir de soulagement en comprenant que le bruit vient de mes voisins du dessus. Je ramasse le téléphone en vitesse et vérifie qu'il n'est pas abîmé. Je n'ai aucune envie de lui racheter un nouvel iPhone, mes finances sont au plus bas.

Je clique sur le nom d'Elizabeth Jeffries et attends que les messages se chargent. Je vois le *smiley* en bas de l'écran. Comment osent-ils s'envoyer des *smileys* ? Je fais défiler l'écran pour pouvoir lire tous les messages disponibles sur le téléphone avant qu'Aiden ne revienne. Il n'y a aucun doute : ils flirtent. Elizabeth lui demande s'il veut venir goûter ses lasagnes. *Lasagnes, mon cul.* Après, elle propose un poulet rôti. Puis ils parlent d'aller au musée et elle le remercie de l'y emmener. Mes doigts se crispent sur le téléphone en lisant un message où elle lui demande s'il veut faire du camping ce week-end. Il répond par un message dragueur, « uniquement si tu me promets de garder les ours loin de moi » et elle répond : « Ne t'inquiète pas, je te protégerai. » Mon visage est en feu au fil de ma lecture. J'ai le ventre retourné et la tête qui commence à me faire mal. Je suis contrariée. Pourquoi Aiden flirte-t-il avec elle s'il m'aime, moi ? Comment peut-il m'embrasser, mais aller chez elle manger des fichues pâtes ? Que se passe-t-il ? Aime-t-il Elizabeth ou moi ? Est-ce pour cette raison qu'il est allé dans la salle de bains sitôt qu'il a eu son message ? Peut-être s'est-il laissé emporter lorsque je me suis retrouvée sur ses genoux et le message d'Eizabeth lui a rappelé qu'elle était là ? Je repose son téléphone sur le bureau. Tout à coup, je ne me sens plus aussi légère et excitée.

– Excuse-moi, dit Aiden avec un sourire, avant de jeter un coup d'œil à sa montre.

– Pas de problème.

J'essaie de ne pas regarder ses lèvres. Ses lèvres que je viens d'embrasser et que je voudrais sentir contre les miennes encore une fois.

– Je vais y aller. Je viens de réaliser l'heure qu'il est.

– Oh !

Il part ? Juste après que je lui ai demandé de venir dans ma chambre et lui avoir révélé que j'étais prête à faire des expériences ! Je me sens honteuse en comprenant qu'il me laisse tomber.

– À moins que tu ne préfères finir de regarder le film d'abord et que tu aies besoin de quelqu'un pour te protéger ?

Il me caresse l'épaule et je lui rends un pauvre petit sourire.

– Je vais bien, réponds-je d'un air pincé.

Comment sommes-nous passés du pelotage à la relation polie, en moins de cinq minutes ? Je soupire. Je ne comprends décidément pas Aiden Taylor.

– Bon eh bien, je suis désolé que ton rendez-vous se soit mal passé.

Il me jette un regard lourd puis reste silencieux, mais je ne réponds rien.

– Merci pour cette bonne soirée.

– Je t'en prie.

Je ne trouve rien d'autre à répondre. Que peut-on répondre à un tel commentaire ? Merci de m'avoir laissée m'asseoir sur tes genoux et de t'avoir embrassé ? Merci de m'avoir laissée sentir ton érection contre mon cul tandis que je suçais tes lèvres ? Merci d'avoir effleuré mes seins et de m'avoir donné l'impression d'être en feu, du genre « Je vais m'envoyer en l'air et cela va être extraordinaire » ?

– Bonne nuit alors, dit-il doucement en s'approchant de moi.

Ses yeux plongent dans les miens et je retiens mon souffle au moment où il dépose un rapide baiser sur mes lèvres.

– À plus tard, Alice.

Tout ce que je peux faire, c'est acquiescer comme une idiote tandis qu'il prend son téléphone et sort du salon. Je reste dans un état second. J'ignore ce qui vient de se passer, mais je sais qu'il y a un changement notable dans notre relation. Et je ne sais pas du tout ce que cela signifie.

7.

On se voit pour prendre un café ?

– Allez, Alice, j'ai rendez-vous avec Aiden au café dans quinze minutes, il faut que tu te dépêches.

Liv a ouvert la porte de ma chambre et elle frappe dans ses mains pour me réveiller.

– Je viens juste d'ouvrir les yeux. (Je m'étire.) Je ne peux pas y aller comme ça.

– Dis-lui que je t'ai dit de me retrouver là-bas aussi. Et après, j'enverrai un texto pour expliquer que je ne peux pas venir, ajoute-t-elle avec un sourire.

Bien que je ne veuille pas y aller, je saute du lit et ouvre mon placard en vitesse pour trouver quelque chose à mettre.

– Je n'y vais pas, Liv. C'est à toi qu'il a proposé de prendre un café, pas à moi. Et je n'ai aucune envie de revivre ce qui s'est passé hier soir.

Je lui ai tout raconté lorsqu'elle est rentrée à l'appartement et elle se demande ce qu'Aiden a dans la tête.

– Dépêche-toi. J'ai essayé de te réveiller plus tôt, mais tu n'as pas répondu.

– Je dormais, je maugrée en enfilant un tee-shirt par-dessus mon débardeur. De quoi j'ai l'air ?

– Ça va. Maintenant, brosse-toi vite les dents. Pas question que tu aies mauvaise haleine.

Je cours dans la salle de bains, j'attrape ma brosse à dents que je recouvre d'une généreuse dose de dentifrice.

– Et lave-toi le visage aussi. Tu as des saletés dans les yeux.

– Je te rappelle que je dormais il y a encore trois minutes, dis-je en bâillant sans retenue.

– Qu'est-ce qui compte le plus pour toi ? Le sommeil ou l'amour ?

– À cette seconde, le sommeil.

Je pousse un cri au moment où Liv brosse les nœuds que j'ai dans les cheveux.

– Liv ! Ça fait mal, je m'écrie en crachant le dentifrice dans le lavabo.

– Tu veux montrer à Aiden combien tu es jolie au réveil ou tu préfères avoir l'air de la fille qui bave dans son oreiller ?

– Je peux choisir la seconde option ? (Je m'asperge le visage d'eau froide et j'observe tristement mon reflet terne dans la glace.) Et tu es une menteuse, je n'ai pas l'air joli.

– Mais si, et Aiden se dira la même chose.

– Ouais… Il ne pensait pas que j'étais jolie hier soir.

– Bien sûr que si. Il t'a embrassée, tu te souviens ?

– Oui, avant de se défiler lorsque je l'ai invité dans ma chambre. Il s'est enfui comme s'il avait le feu aux fesses.

– On n'a jamais le feu aux fesses.

– Peut-être que si. En tout cas, il est parti à toute vitesse. Comme un voleur.

– Alice, ne sois pas ridicule. Je suis sûre qu'il s'est souvenu qu'il devait être tôt à son travail ou un truc comme ça.

– Sûrement. Comme si son travail était aussi important que ça.

– Il est avocat au sein d'un grand cabinet. Contrairement à nous, il ne peut pas appeler son patron quand il veut et faire semblant d'être malade pour passer sa journée à regarder des films.

– Je te l'accorde. Mais je n'arrive pas à croire qu'il s'intéresse à moi alors qu'il est parti hier soir.

– Il t'a embrassée.

– Je sais, mais que représente un baiser lorsque tu as connu mieux ? Il ne m'a peut-être embrassée que pour être poli ?

Mon ventre gargouille à cette éventualité. Est-ce qu'il m'aurait vraiment attrapée par la taille et tenue serrée s'il essayait juste de se montrer poli ?

– Aiden ne fait rien par politesse.

Liv a raison. Je me rappelle plusieurs occasions où nous avions demandé à Aiden de nous emmener quelque part ou de faire des trucs avec nous quand nous étions plus jeunes, et il nous avait répondu un non catégorique. Il ne s'était pas soucié que Liv ait même fait semblant de pleurer une fois, lorsque nous lui avions demandé de nous emmener au zoo. Il nous avait dit d'aller dans la salle de bains et de nous regarder dans la glace, nous pourrions y voir un rhinocéros et une girafe. Et il avait éclaté de rire. Je souris en moi-même en me souvenant combien Aiden a toujours été insolent. Liv a raison. Il est impossible qu'il m'ait embrassée s'il n'était pas partant, même un tout petit peu.

– C'est bon, je vais y aller. (J'applique mon nouveau rouge à lèvres rose en terminant par du gloss.) Mais je ne vais pas flirter avec lui, ni l'inviter à sortir, ni même le rendre jaloux.

– Très bien. Sois simplement sympa et décontractée. Fais-lui comprendre que cela t'est égal de le voir et qu'il soit parti hier soir sans demander son reste.

– Je m'en moque effectivement, je rétorque en me passant la main dans les cheveux. C'est un imbécile.

– C'est sûr.

– Oh, Liv, tu dis cela parce que je suis triste.

– Je ne veux pas que tu sois contrariée à cause d'un type comme Aiden.

Elle me regarde avec ses grands yeux bruns.

– Je sais. C'est bête d'avoir craqué pour ton frère. Qui peut bien faire un truc pareil ?

– Je pense que c'est très courant. Beaucoup de femmes craquent pour le frère de leur meilleure amie. Ce serait tellement cool si vous sortiez ensemble. Nous serions sœurs.

– Tu vois, tu as des doutes toi aussi, lui réponds-je, le visage triste.

– Des doutes sur quoi ?

– Tu as dit *si* nous sortions ensemble, et non pas *lorsque*.

– Oh… (Elle se mord la lèvre en tournant la tête sur le côté.) Je n'ai pas réalisé.

– Ce n'est pas grave. Mais regardons les choses en face. Toi, tu rencontres un garçon, tu lui fais comprendre que tu es intéressée et il te prend à même le sol, tu te retrouves avec sa tête entre les jambes. Moi, je rencontre un type, je lui fais comprendre que je suis intéressée, il me roule une pelle vite fait et puis il file avant même que je ne puisse l'embarquer.

– Rouler une pelle vite fait ?, glousse Liv.

– Je pense que dire « rouler une pelle » sonne mieux qu'« embrasser ».

– Au moins, tu ne dis plus « avec passion », rétorque Liv en riant.

– Où est le problème ? Je veux de la passion avec Aiden toute la nuit.

– Cela sonne bizarre.

– C'est un mot sexy.

En réalité, je ne pense pas vraiment que ce soit sexy. C'est différent, et pour moi, ce qui est différent est sympa.

– Tu es prête ?

– Ouais, allons-y.

Liv me prend par le bras.

– J'ai sérieusement besoin de m'assurer que mon frère ne gâche pas tout.

– Absolument. Parce que si tu ne le fais pas, qui sait où je finirai ?

Elle rit et nous sortons.

Liv et moi entrons dans le café et je manque laisser échapper un juron en voyant Scott assis avec Aiden. Pourquoi faut-il que Scott soit là aussi ? Comme si ce n'était déjà pas assez compliqué entre Aiden et moi !

– Regardez qui voilà, s'exclame Scott avec un sourire en se levant pour venir à notre rencontre.

Aiden aussi s'avance et me prend brièvement dans ses bras.

– Content de te voir, Alice.

Je sens son corps chaud près du mien et je n'ai pas envie de le laisser partir. Je sais, je suis pathétique.

– Salut. Tu ne devais pas aller au bureau tôt ce matin ?

– Non, pourquoi cette question ? (Il semble perdu et regarde Liv.) Je t'ai dit que je devais aller travailler tôt ce matin ?

– Non. Alice et moi nous sommes mélangé les pinceaux à propos d'un truc. Qu'est-ce que tu veux, Alice ? C'est moi qui invite.

– Un café glacé, s'il te plaît. Et un bagel avec du saumon et du fromage.

– D'accord, je reviens tout de suite.

Je m'assieds. J'ai du mal à déglutir en voyant Aiden et Scott debout devant moi.

– Alors, Alice, comment vas-tu ?, me demande Scott en s'asseyant à côté de moi.

– Bien et toi ?

Je sens le regard d'Aiden fixé sur moi.

– Bien, j'ai travaillé tard. (Il s'étire et ramène ses cheveux blonds en arrière.) J'ai entendu dire que tu étais allée chez nos parents il y a quelques jours ?

– Oui, Liv voulait que votre père passe plus de temps avec Xander. Mais au bout du compte, on a fait une partie de Monopoly tous les quatre puis nous sommes sortis.

– Très bien. Papa aime bien nous avoir tous à la maison. Malheureusement, Aiden et Liv sont les seuls enfants obéissants. Chett et moi y allons plus rarement.

– C’est dommage.

– J’aurais fait un effort si j’avais su que tu étais là, me glisse Scott en se penchant vers moi.

– Oh !

Je rougis en entendant ses mots. Que répondre à un garçon qui vous drague lorsque l’homme que vous désirez est assis juste à côté de lui ?

– Peut-être la prochaine fois, poursuit-il. Ou peut-être que nous pourrions aller…

– Scott, Liv t’appelle, l’interrompt brusquement Aiden.

– Hein ? Elle veut quoi ?

– Tu n’as qu’à le lui demander.

– Ok. (Scott se lève d’un bond et me sourit.) Nous poursuivrons cette conversation plus tard.

– D’accord, lui réponds-je en évitant le regard d’Aiden.

– Qu’est-ce qu’il y a entre toi et Scott ?, me demande-t-il d’un air accusateur.

– Qu’est-ce que tu veux dire ?

Je le fusille du regard. Est-ce qu’il s’engage vraiment sur ce terrain-là ? C’est lui qui m’a laissée seule hier soir.

– Il te plaît ?

– Beaucoup, je rétorque sur un ton irrité.

– Tu veux sortir avec lui ?

– Non.

Je voudrais ajouter « pauvre type », mais je me retiens. Je lui lance un regard noir.

– Est-ce que tu veux flirter à nouveau avec lui ?

– Nous n'avons jamais flirté. Il m'a embrassée. Une fois. Je ne lui avais rien demandé.

– Mais tu ne l'en as pas empêché. On dirait que cela te plaît d'embrasser les frères Taylor, non ?

– Non, je n'aime pas embrasser les frères Taylor. (Je me mords la lèvre avant de prendre une profonde inspiration.) J'aime embrasser l'un des frères Taylor seulement.

– Oh ?

Il fronce les sourcils sans me quitter des yeux.

– Oui.

Est-ce que je vais sérieusement lui dire ce que je ressens, à cet instant précis ?

– Lequel ?, insiste-t-il en se penchant vers moi.

Je peux voir ses pupilles dilatées.

– J'aime…

– Te voilà, chéri.

Une voix douce retentit près de nous et je lève la tête sous le choc. Elizabeth Jeffries est là, debout près de nous, en chair et en os. Que fait-elle là ?

– Lizzie !

Aiden se lève subitement, il rayonne. Le masque légèrement furieux a quitté son visage pour se transformer en pur bonheur.

– Désolée, je suis en retard.

Elle fronce le nez, mais même en faisant cette grimace, je dois reconnaître qu'elle est mignonne.

– Tu n'es pas du tout en retard. Tu es parfaitement à l'heure.

Il la prend dans ses bras pour l'embrasser sur la joue. J'ai envie d'éclater en sanglots en les voyant tous les deux ensemble.

– Elizabeth, je te présente Alice. Alice est la meilleure amie de ma sœur Liv. Alice, je te présente Elizabeth, une bonne amie à moi.

– Salut.

Elle me renvoie un grand sourire. Je ne peux m'empêcher de la dévisager. Elle a le nez légèrement tordu et des taches de rousseur sur les joues. Ses cheveux sont couleur miel, mais en regardant de plus près ses sourcils sombres, je me dis qu'elle doit les teindre. Elle est plus jolie que sur les photos et je la déteste pour ça.

– Ravie de te rencontrer, Alice, me dit-elle avec entrain avant de se pencher vers moi pour me prendre rapidement dans ses bras. J'ai tellement entendu parler de toi.

– Vraiment ?

Aiden lui a parlé de moi ?

– Oui, Aiden parle toujours de sa sœur et de sa meilleure amie, et de tous les trucs drôles que vous faites toutes les deux.

– Tous les trucs drôles que nous faisons ?

Je regarde Aiden. Que lui a-t-il raconté ?

– Oui, vos plaisanteries, vos coups tordus. Il m'a raconté aussi Brock et Jock, les deux strip-teaseurs que vous avez payés pour qu'ils fassent semblant d'être vos petits amis.

– Je vois.

Pourquoi Aiden lui raconte-t-il ces trucs-là ?

– Je trouve que votre plan était ingénieux, poursuit-elle en s'asseyant à côté de moi. Et ça a marché.

– Comment ça ?

– Eh bien, Liv a fini par sortir avec le garçon qu'elle voulait, non ?

– Ouais. Ouais, je suppose que cela a marché pour Liv.

– J'ai vraiment hâte de la rencontrer.

Elizabeth me sourit. Elle est sincère et sympa, et je l'aurais sûrement comme copine si elle n'essayait pas de mettre le grappin sur Aiden.

– Je suis certaine que Liv veut te connaître aussi. (Je me tourne vers Aiden.) Tu ne m'avais pas dit que ta petite amie devait venir.

– Elizabeth n'est pas ma petite amie, rectifie Aiden sur un ton aimable, sans me quitter des yeux.

– Nous avons juste fait quelques sorties tous les deux, précise Elizabeth.

– Tu sais où était Aiden hier soir ?

Je regrette immédiatement mon ton mesquin. Cela ne me ressemble pas. Pourquoi est-ce que je me comporte de la sorte ? Je suis en train de laisser ma jalousie prendre le dessus et je n'aime pas ça du tout.

– Non, je devrais ?, demande Elizabeth avec un petit rire avant de lever la tête vers Aiden. Tu étais où, hier soir ?

– J'étais chez Liv pour regarder un film avec Alice, répond-il avec nonchalance, un sourire à mon intention.

Je le fusille du regard. À quel jeu joue-t-il ?

– Oh, génial. C'était quoi, le film ?

Comment peut-elle être aussi confiante ? Si mon petit ami me disait qu'il était allé voir un film chez une fille, cela ne me ferait pas rire et je le prendrais mal. En fait, si je sortais officiellement avec Aiden et qu'il me disait qu'il était allé voir un film chez Elizabeth, je lui aurais fait savoir très clairement ce que je pensais de lui. Je ne suis pas du genre à laisser les garçons qui me plaisent sortir avec d'autres filles. Oui, je sais, la soirée d'hier n'est pas exactement ce que l'on peut appeler un rendez-vous. Mais nous nous sommes embrassés, je me suis retrouvée sur ses genoux et je l'ai excité. J'ai bien senti son sexe dur sous moi.

– Je ne m'en souviens pas, réponds-je en baissant la tête.

Je me sens tout à coup coupable. Pourquoi est-elle si sympa et moi si horrible ? Pourquoi est-ce que je me sens insignifiante ?

– C'était si bien que ça ?

Elle rit et nous levons toutes les deux la tête au moment où Scott et Liv s'approchent de nous. Elizabeth écarquille les yeux lorsqu'elle voit Scott et celui-ci la dévisage. Mais quand Aiden fait les présentations, ils sourient normalement et je me demande si je n'ai pas rêvé. Liv et moi échangeons un regard et je vois bien qu'elle est aussi déconcertée que moi par la présence d'Elizabeth. Nous nous demandons toutes les deux pourquoi cette fille est là. Elle ruine le plan que nous avons échafaudé pour qu'Aiden ait envie de moi. Comment faire maintenant qu'il y a une autre fille avec lui ? Pourquoi ferait-il attention à moi ? Et pourquoi se comporte-t-il de manière si étrange à propos de Scott, s'il est avec Elizabeth ? Peut-être est-ce simplement le cas classique qui consiste à vouloir ce qu'on ne désire pas vraiment, uniquement parce qu'on ne peut pas l'avoir. Tout à coup, je me sens vraiment mal.

– Excusez-moi, mais je ne me sens pas bien, dis-je en me levant.

Ma tête cogne. Je me sens fatiguée, vraiment fatiguée.

– Qu'est-ce qui ne va pas, Alice ?

Liv me dévisage. Elle voit bien que je suis sur le point de fondre en larmes.

– Rien, je couve peut-être un rhume. (J'essaie de tousser.) Je vais rentrer à la maison. J'ai été contente de te rencontrer, dis-je à Elizabeth.

– Moi aussi.

Elle paraît nerveuse et inquiète en me souriant et je la vois regarder Aiden un instant. Je n'ai aucune idée de ce à quoi il peut penser, son visage demeure impassible.

– Je t'accompagne, me dit Scott.

Aiden fronce les sourcils.

– Merci, lui réponds-je avec reconnaissance, sans me soucier de ce qu'Aiden pense à ce moment précis.

– Tu veux que je vienne ?, me demande Liv.

– Non. Reste, ça va aller. Je te verrai plus tard, d'accord ?

– Ok.

Elle regagne sa chaise.

– Prête ?, me demande Scott en me prenant par la main. Appuie-toi sur moi, je vais t'aider.

– Merci.

Je me dépêche de m'éloigner de la table. Nous sortons assez rapidement et je respire l'air frais.

– Ça va, Alice ?

Scott s'arrête et me tire sur le côté. Ses yeux cherchent les miens et un petit sourire se dessine sur son visage.

– Oui, pourquoi ?

– Je ne vais pas faire semblant de savoir ce qui se passe dans ta tête. Mais je vais te donner un conseil : il faut que tu te battes pour ce que tu veux. Il faut que tu prennes la vie à bras-le-corps et que tu poursuives tes rêves et tes objectifs.

– De quoi tu parles ?, dis-je, la gorge sèche.

– Je sais qu'Aiden te plaît. J'ignore pourquoi tu le préfères à moi, mais je sais que c'est ce que tu ressens.

– Je... euh...

Je ne sais pas très bien quoi lui dire. Est-ce que je me retrouve sans le savoir dans un triangle amoureux ? Ce serait bien ma veine. Je n'ai pas du tout envie de vivre ce genre de situation. Pas le moins du monde. Est-ce que le fait de me retrouver entre les deux frères ferait de moi quelqu'un de débauché ? Bon, c'est vrai, je les ai embrassés tous les deux, mais franchement, avec Scott, ce n'était qu'un bisou rapide. Je l'ai regretté au moment même où cela s'est produit. Je ne lui ai même pas rendu son baiser. Et aucun de nous n'a mis la langue, Dieu merci ! Alors vraiment, ça ne compte pas.

– Tu n'as pas besoin de t'expliquer.

Scott rit et nous reprenons notre marche.

– Je dis simplement que tu dois te battre pour ce que tu veux. Et si tu veux Aiden, il faut que tu le lui fasses savoir. Sans jouer avec lui. Sans mettre en place des stratagèmes. (Il se penche en avant et me tapote le nez.) Je sais que toi et ma sœur vous adorez jouer, mais ce n'est pas le genre de jeu qui plaît à Aiden. Il n'a pas la patience.

– Je n'ai aucune chance avec lui, de toute façon. Il y a Elizabeth.

– Je n'en suis pas si sûr, lâche Scott, d'un air pensif. Je ne sais pas très bien ce qui se passe entre Aiden et elle, mais je ne pense pas qu'il s'agisse d'une relation régulière.

– Alors de quoi s'agit-il ?

Je pense aussitôt à quelque chose de sadomaso. Est-ce qu'Elizabeth est soumise ?

– Je ne sais pas.

Nous arrivons devant chez moi.

– Ça va aller ? Je vais devoir te laisser, j'ai du travail.

– Oh, oui, bien sûr. Ça va aller. Merci de m'avoir raccompagnée.

– Je t'en prie, Alice.

Je n'ose pas lui demander s'il sait que son frère est dominant, ce n'est pas à moi d'en parler.

Scott me prend dans ses bras, puis je me précipite chez moi. Je suis allée là-bas et j'ai tout gâché. Je me sens très mal. Je suis en colère et jalouse d'Aiden et d'Elizabeth et en plus, il se peut que j'aie rendu Scott amoureux de moi.

La sonnerie du téléphone me réveille ; je grogne. Je n'avais pas prévu de me rendormir. J'ai juste voulu m'allonger, me détendre et repenser à tout ce qui s'était passé pendant quelques secondes. J'attrape mon téléphone pour regarder l'écran et mon cœur s'emballe. Aiden m'a envoyé un message.

Aiden : *Salut, je voulais juste savoir comment tu te sentais.*

Alice : *Je vais bien, merci.*

Je réponds vite en m'asseyant sur le lit. Je voudrais lui demander où est Elizabeth, mais je n'ose pas.

Aiden : *Nous n'avons pas terminé notre conversation.*

Alice : *Ah bon ?*

Aiden : *Non. Nous pouvons parler plus tard ?*

Alice : *Tu n'as pas des trucs à faire ?*

Aiden : *Quels trucs ?*

Alice : *Du travail*

En réalité, ce n'est pas de cela dont je veux parler.

Aiden : *Je n'ai pas besoin d'aller au tribunal aujourd'hui.*

Alice : *Ok.*

Ce n'est pas de cela dont je voulais parler !

Aiden : *Alors tu as du temps pour parler ?*

Alice : *Quand ?*

Aiden : *Peu importe, quand tu veux.*

Alice : *Je vois.*

Aiden : *À moins que tu n'aies des trucs à faire.*

Alice : *Comme quoi ?*

Aiden : *Scott.*

Je reste bouche bée. Je n'arrive pas à croire qu'il ait écrit ça.

Aiden : *Alors, tu es libre ?*

Alice : *Je suis disponible, il n'y a rien entre Scott et moi.*

Aiden : *Bon.*

Alice : *Pourquoi, bon ?*

Aiden : *Tu n'as pas besoin de t'amuser avec Scott et moi.*

Alice : *Et qu'en est-il entre toi et Elizabeth ?*

Je n'ai pas pu m'en empêcher.

Aiden : *Quoi Elizabeth ?*

Alice : *Comment tu peux sortir avec elle et m'embrasser ?*

Aiden : *C'est une des raisons pour lesquelles nous devons parler.*

Alice : *Je vois.*

Aiden : *Est-ce que je peux t'appeler maintenant ?*

Alice : *Non, je suis occupée.*

Je me rallonge sur mes oreillers.

Aiden : *Ok, alors ce soir ?*

Alice : *Demain ?*

Aiden : *Alice, tu es vraiment la fille la plus déroutante que j'aie jamais rencontrée.*

Alice : *Vraiment ?*

Aiden : *Si j'étais avec toi, je te poserais sur mes genoux et je te donnerais une fessée.*

Alice : *Tu aimerais ça, hein ?*

Aiden : *Je pense que tu aimerais davantage.*

Alice : *Et maintenant ?*

Je souris au téléphone. Il n'y a désormais plus aucun doute dans mon esprit : Aiden est définitivement un maître de l'excentricité au lit.

Aiden : *Je pense qu'il va falloir que nous attendions pour voir.*

Alice : *Et tu dis que je suis déroutante ?*

Je secoue la tête. Je suis convaincue qu'il me drague.

Aiden : *Je ne perdrais pas la tête s'il ne s'agissait pas de toi.*

Alice : *Qu'est-ce que cela veut dire ?*

Aiden : *Cela signifie que toi, ma chère Alice, tu as un effet sur moi beaucoup plus grand que ce que tu penses.*

Alice : *Oh ? Comment ?*

Aiden : *Il va falloir que tu attendes pour le savoir.*

Alice : *Ok.*

Je brûle d'envie de lui dire de m'appeler maintenant. Je voudrais qu'il m'appelle et que l'on en finisse.

Aiden : *Passe une bonne journée.*

Alice : *Merci, toi aussi.*

C'est tout ? Grr. Je suis contrariée qu'il arrête cette conversation qui prenait une bonne tournure.

Aiden : *Je te verrai demain au flag football.*

Alice : *Ok.*

Quoi ? Il va m'appeler ce soir ou non ?

Aiden : *Je suis content que tu te sentes mieux.*

Alice : *Merci.*

Aiden : *Prends soin de toi.*

Alice : *Promis.*

Aiden : *Veille à avoir tes huit heures de sommeil et mange tes légumes.*

Alice : *Oui, Papa.*

Aiden : *Il y a des surnoms plus excitants que ça.*

Alice : *Comme quoi ?*

Aiden : *Tu verras.*

Alice : *Comme Monsieur ?*

Je ris en me demandant quelle tête il fait en lisant le message.

Alice : *Ou Maître ?*

Aiden : *Comme tu veux :)*

Alice : *Aiden Taylor !*

Aiden : *Ça marche aussi :)*

Alice : *Bien. Peu importe. À demain.*

Aiden : *Oui et nous parlerons après.*

Alice : *Nous verrons.*

Aiden : *Bonne journée, Alice. Je sais que la mienne sera bonne. J'ai encore les lèvres qui me picotent après notre baiser d'hier soir.*

Alice : *J'espère que tu n'as rien attrapé...*

Aiden : *Est-ce qu'il y a quelque chose dont tu veux me parler ?*

Aïe. Finalement, ma petite blague se retourne contre moi.

Alice : *Trop drôle. Non.*

Aiden : *Appelle-moi si tu as besoin de quelque chose.*

Alice : *Merci. Je n'hésiterai pas.*

Je repose mon téléphone sur le lit en me rallongeant et je reste sans bouger, le regard fixé au plafond. Je me sens mieux. Toujours troublée, mais mieux. Peut-être qu'Aiden m'aime vraiment. Et peut-être ai-je une chance. Peut-être, je dis bien peut-être, vais-je pouvoir lui faire comprendre qu'il est le garçon qui m'est destiné et que je suis la femme de sa vie. J'espère simplement qu'Elizabeth Jeffries va disparaître en même temps que mes doutes.

8.

Le football est une danse de séduction

La sensation la plus jouissive du monde, c'est lorsqu'un garçon vous plaît et que vous lui plaisez aussi. La seconde meilleure sensation du monde, c'est lorsqu'un autre garçon vous aime et qu'il rend le premier jaloux. Le seul truc qui peut transformer ces sensations exquises en sentiments négatifs, c'est si vous aimez aussi le second garçon. Il n'y a rien de pire que d'être attirée par deux garçons qui vous aiment tous les deux. Faites-moi confiance, j'en sais quelque chose. Bon, je suppose que j'exagère un peu. Je ne sais pas s'ils m'aiment bien tous les deux, comme moi. Et je ne les aime pas réellement tous les deux. J'en aime surtout un des deux, l'autre me fait me sentir bien et ce n'est peut-être pas parce qu'il m'aime. En vérité, je n'en sais rien. Ce que je sais en revanche, c'est qu'ils se comportent tous les deux sur le terrain de football comme s'ils m'aimaient. Qu'est-ce que cela signifie vraiment ? Il y a tellement de garçons qui aiment draguer juste pour draguer… Ce n'est pas un signe qu'ils vous aiment pour autant.

– Comment demandes-tu à un garçon de te dominer ?, je murmure à Liv tandis que nous avançons sur le terrain. Comment je peux faire pour évoquer ce sujet en passant, l'air de rien ?

– On dirait qu'il est déjà au courant que tu rêves d'une bonne fessée !

– Je n'en suis pas si sûre.

– J'aimerais que tu me laisses dire à Xander que je suis au courant pour Aiden.

– Non, tu ne peux pas le lui dire. Il ne me fera plus confiance après, lui dis-je en serrant fort son bras.

– Te faire confiance pour quoi ?

– Pour rien. Je ne veux pas qu'il pense que je ne sais pas garder un secret.

– Il doit se douter que tu me l'as répété. Je n'arrive pas à croire qu'il ne me dise rien.

– Il ne veut pas te choquer.

– Je suis une grande fille. Pour me choquer, il m'en faut plus que découvrir que mon frère est un pervers au lit.

– Ce n'est pas un pervers.

– Je ne veux pas dire pervers pervers. Je veux dire pervers bizarre.

– Ah, alors tu vas dire que je suis aussi bizarre ?

– Pourquoi je te trouverais bizarre ?

– Si je me soumets à Aiden ?

– D'abord, je ne peux pas t'imaginer en fille soumise, mais si cela te fait plaisir... Mais par pitié, ne mets pas de collier. Pas de collier avec des clous, c'est de mauvais goût.

– Qu'est-ce qui est de mauvais goût ?

Henry arrive en courant vers nous avec un grand sourire et il lève la main pour que nous échangions un *high-five*.

– Des colliers étrangleurs, précise Liv en faisant la moue.

– Oh, je n'ai pas vu de femme avec ça depuis... (Il se tait puis nous fait un clin d'œil.) Eh bien, depuis une folle nuit que j'ai passée il y a quelques années.

– Quel genre de folle nuit ?, je demande avec curiosité et Henry se passe la langue sur les lèvres avant de rire.

– Croyez-moi, les filles, il vaut mieux que vous ne sachiez pas.

– Tout le monde se rassemble, s'il vous plaît.

La voix d'Aiden résonne fort et je remarque qu'il ne jette même pas un regard dans ma direction pendant qu'il parle.

– Quelqu'un a contrarié l'ours ?!, dit Henry en riant, puis il me regarde.

– Ce n'est pas moi !

– C'est toujours toi, Alice. C'est toujours toi, réplique Liv avec un sourire.

– Cours, Alice, vas-y !, me crie Liv alors que je pique un sprint avec le ballon dans les mains. Je dévale le terrain à toute allure. Je vois les lignes qu'Aiden a tracées sur l'herbe avec une bombe aérosol, même si je suis presque certaine que cela va à l'encontre du règlement du parc. Cela m'étonne de la part d'Aiden, il n'est pas du genre à enfreindre les règles.

– Continue, Alice !, hurle Liv.

Je commets l'erreur de me retourner. Scott est à quelques mètres de moi et Henry se tient tout près de lui. Je prie pour que Henry parvienne au niveau de Scott avant que Scott n'arrive vers moi. Je vois aussi Aiden s'approcher vite derrière Henry et Elizabeth est plus loin sur le terrain, près de Xander et de Liv. Je reprends mon souffle. Je vois un des garçons de mon équipe me faire signe de lui lancer le ballon, mais je veux aller jusqu'au bout. Je veux être la meilleure joueuse du match et je ne veux pas que les garçons nous regardent Liv et moi comme deux filles naïves qui n'ont rien à faire sur le terrain. Nous ne sommes pas sportives comme Elizabeth : nous ne courons pas des marathons, nous ne jouons pas au basket au centre municipal et nous ne faisons pas de randonnées en montagne, nous ne surfons pas non plus sur l'océan Pacifique, le long de la côte d'une des îles Hawaï. Nous sommes des filles tout ce qu'il y a d'ordinaire, qui aiment s'amuser et faire du sport pour mettre un peu d'animation dans leur vie. Je sais que les garçons pensent que nous sommes plutôt nulles sur le terrain, surtout moi. Je ne peux pas leur en vouloir. Je ne suis pas au meilleur de ma forme, mais je sais que si je marque ce but on me regardera d'un autre œil. C'est le jeu. À ce moment précis, je me moque bien d'Aiden, Scott, d'Henry ou de n'importe quel autre type qui s'intéresserait à moi. Je me moque d'avoir l'air mignon, sexy ou spirituel. Je me fiche de rendre Aiden jaloux. Je n'ai qu'un objectif : gagner. Et je sais qu'à cet instant, pour la première fois de ma vie, j'ai une âme de sportive. Authentique, motivée et audacieuse. Je garde la tête baissée et j'ignore la douleur au niveau du ventre et les crampes dans mes jambes. Je ne vais pas ralentir. Je ne vais pas laisser la douleur prendre le dessus.

– Tu y es presque, Alice !

Je fonce. Je sens une main m'attraper dans le dos ; Scott est presque sur moi.

– Oh non, tu ne l'auras pas, je crie et je m'élance en voyant juste devant moi la ligne qu'Aiden a tracée.

– But !, je hurle en tombant par terre au moment où je frappe le ballon contre l'herbe. But !, je répète, enthousiaste, tandis que les larmes et la sueur coulent sur mon visage.

– Attention, Alice !, crie Scott en déboulant vers moi.

– Quoi ?

Je reste pétrifiée lorsqu'il s'écrase sur moi.

– Aïe !

Mes os déjà endoloris accusent le coup. Ses genoux heurtent mon ventre et je crie à nouveau. Il me regarde.

– Joli but.

Il me sourit. Ses yeux bleus pétillent tandis qu'il essuie son visage couvert de boue.

– Merci, réponds-je sur un ton léger en essayant de le repousser.

– Oh, excuse-moi. Je pense que tu peux dire maintenant que tu es une joueuse chevronnée.

– Je crois. (Je gémis en essayant de me relever.) Aïe ! Je me suis blessée, dis-je en posant ma main sur mon genou.

– On a gagné ! On a gagné !, hurle Liv en courant vers moi. Nous sommes des championnes, Alice !

– Ouais.

Je souris et gémis à nouveau, sous l'effet de la douleur qui augmente.

– Qu'est-ce qui se passe ?

Aiden est devant moi, le visage sombre.

– Je me suis blessée au genou. Et ce n'est pas la peine d'être furieux parce que nous avons gagné.

– Je ne suis pas furieux. Tu m'autorises à jeter un coup d'œil ?, dit-il en s'agenouillant devant moi.

Je le laisse remonter la jambe droite de mon survêtement. Nous regardons tous les deux mon genou en sang.

– Je me suis bien amochée.

Aiden me regarde, le visage inquiet.

– Tu vas bien ?

– Elle va bien, lance Scott en levant les yeux au ciel. Elle s'est juste égratigné le genou.

– Aie un peu de compassion, Scott !, rétorque Liv d'un ton sec en s'approchant de moi. Ça va, Alice ?

– Oui, je pense qu'il faut juste nettoyer la plaie.

– Tu vois, elle va bien. Je te promets que notre prochaine bagarre dans l'herbe te laissera indemne, me dit Scott en riant.

– Il n'y en aura pas d'autre, grogne Aiden avant de passer le bras autour de mes épaules. Appuie-toi sur moi, je vais t'aider à te relever.

– Ok.

– J'ai une trousse de premiers secours dans la voiture, je vais désinfecter ta plaie.

– Merci.

Je vois Liv sourire. J'observe Scott qui me fait un clin d'œil puis qui hausse les sourcils en direction d'Aiden. Je comprends qu'il ne s'intéressait pas à moi, mais faisait en sorte de rendre Aiden jaloux. Je ris intérieurement en comprenant qu'il est finalement aussi sale gosse que moi, mais comme il le faisait pour moi, je ne peux pas lui en vouloir.

– Ça va, Alice ?

Elizabeth se dirige vers nous, le visage inquiet.

– Oui, merci.

Je me sens mal à l'aise. Je suis en train de lui piquer son homme, juste sous le nez. Même s'il n'est pas vraiment son petit ami.

– Tant mieux. Excellent but, au fait. Meilleur coup de la journée ! À coup sûr, tu as donné une sacrée leçon aux mecs.

– J'ai essayé en tout cas.

C'est vraiment une chic fille. Je me sens coupable.

– Hé, et mon but ? (Scott regarde Elizabeth.) Je pense que ma prise était assez impressionnante.

– Impressionnante pour qui ?, sourit-elle.

– Tout le monde sur le terrain.

– Hum, si tu le dis.

Elle se passe la main dans les cheveux pour se recoiffer, et je suis presque sûre qu'elle rougit. J'observe alors Scott : il rayonne.

– Je confirme. Tu ne m'as pas vu ?

– Je t'ai vu, et j'ai aussi vu Alice, et c'est clairement elle qui a signé l'action du match !

– Huumm. (Scott se retourne vers moi.) Ok, je le reconnais pour cette fois.

– Ouah, c'est magnifique de ta part !

Elle rit puis tapote le devant de son tee-shirt. C'est à ce moment-là que je remarque des traits sinueux sur ses poignets.

– Tu es prête, Alice ?, me demande Aiden.

Il m'attrape par les épaules et m'aide facilement à me relever. J'adore qu'il agisse comme si j'étais un poids plume de quarante-cinq kilos et non le poids considérablement plus élevé que je pèse vraiment.

– Tu peux marcher ou tu veux que je te porte ?, me demande-t-il tandis que je me penche sur lui.

Je le regarde pour voir s'il me taquine, mais il a l'air sérieux. J'hésite à accepter qu'il me porte. Je pourrais boiter pour faire semblant d'être blessée, mais je m'abstiens. Ce serait trop gros. Il a vu mon genou. Il s'agit d'une éraflure, pas d'une blessure grave. C'est vrai, cela pique un peu et je me sens légèrement dans les vapes, mais cela ne justifie pas qu'il me porte. En tout cas, pas à cause de ma blessure. S'il m'avait proposé de me porter jusqu'à sa chambre, j'aurais eu une réponse complètement différente.

– Ça va aller, merci.

– Dommage.

Son visage est toujours aussi sérieux et je me demande si j'ai rêvé. Nous marchons jusqu'à sa voiture en silence et je sens son corps chaud près du mien tandis que nous traversons le terrain.

– Je sais que je t'ai dit que je voulais te parler, mais tu n'avais pas besoin de te blesser pour attirer mon attention.

– Je ne l'ai pas fait exprès. Je n'ai pas besoin de me blesser pour attirer l'attention, réponds-je d'un ton suffisant.

– C'est vrai, tu as raison.

Il rit.

– Qu'est-ce qu'il y a de si drôle ?

– Je pensais juste à tous les autres moyens que tu utilises pour attirer l'attention.

– Lesquels ?

– Comme lorsque tu dis que tu veux être modèle pour la lingerie de *Victoria's Secret.*

– Je n'ai jamais dit cela ! C'est Henry qui l'a inventé.

– Mais tu as semblé contente lorsqu'il en a parlé.

– Où veux-tu en venir ?, je demande en m'installant sur le siège arrière de sa voiture.

– J'ai l'impression que tu veux attirer l'attention des hommes en faisant ça.

– Pas du tout. (Il se glisse à côté de moi.) Pourquoi penses-tu une chose pareille ?

– Peut-être parce que c'est la seule chose à laquelle j'ai pu penser depuis la semaine dernière ?

– Quoi ? Ma conversation avec Henry ?

– Non, bécasse. (Il ouvre sa boîte à gants et en sort la trousse de premiers secours.) Toi, en lingerie.

– Moi en lingerie ?, je répète tandis qu'il relève la jambe de mon pantalon pour pouvoir nettoyer la plaie.

– Je ne pense qu'à ça depuis une semaine.

– C'est très audacieux de ta part.

Je laisse échapper un cri lorsqu'il applique l'antiseptique sur mon genou.

– Pourquoi ?

Il lève la tête pour me regarder tandis que ses doigts caressent ma peau.

– Parce que.

– Parce que quoi ?

– Juste parce que.

Ses lèvres se rapprochent dangereusement des miennes.

– Qu'est-ce que tu fais ?

– Qu'est-ce que tu veux que je fasse ?

– Aiden…

Il rit en reculant.

– Je pensais que tu aimais m'embrasser. Tu as aimé ça, la semaine dernière.

– Je ne te comprends pas, Aiden, lui dis-je alors qu'il pose un pansement sur mon genou et se penche pour l'embrasser.

– Voilà. Qu'est-ce que tu veux comprendre ?

– C'est quoi, les marques sur les poignets d'Elizabeth ?

– Les marques sur les poignets d'Elizabeth ? Quelles marques ?

– Elle a des entailles rouges. Je les ai vues. On dirait…

Je me tais avant de pouvoir dire « marques de menottes ».

– Elles ressemblent à quoi ?

Il rit en se penchant vers moi, ses cils me semblent plus longs que dans mes souvenirs.

– Tu le sais très bien.

J'ai du mal à déglutir. Comment puis-je lui demander quel type de relation ils ont tous les deux ?

– Non, je ne sais pas.

– On aurait dit des marques de menottes, finis-je par lâcher.

– Oh, vraiment ?

Il se passe la langue sur les lèvres de manière délibérée.

– Tu me demandes si Elizabeth a des marques de menottes sur les poignets ?

– Je te demande si tu sors vraiment avec elle, dis-je, n'y tenant plus. Je ne pense pas que ce soit sympa que tu nous voies toutes les deux en même temps.

– Je te vois ?, me demande-t-il avec un sourire en coin et ses yeux se posent sur mes lèvres.

– Enfin, tu sais…

Je dois avoir l'air d'une folle. Pourquoi j'ai dit ça ? On ne sort pas vraiment ensemble. Nous n'avons échangé qu'un baiser, en tout et pour tout.

– Non, je ne sais pas. (Il sort brusquement de la voiture.) Viens, dit-il en me tirant par les mains.

– Je me suis mal exprimée.

Les rayons du soleil m'aveuglent et je fixe un point sur son épaule au lieu de le regarder dans les yeux.

– C'est bon.

– Écoute, je suppose que tu la vois, mais tu ne sors pas avec moi.

– Non ?

– Si ?

Aiden passe ses bras autour de ma taille et m'attire vers lui.

– Est-ce que tu veux sortir avec moi, Alice ?

Je manque d'air.

– Je, euh, je…

– J'ai aimé t'embrasser l'autre soir. Et toi, tu as aimé m'embrasser ?

– Oui !

– Bon. (Il se penche et me donne un baiser rapide sur les lèvres.) Nous dînons ensemble ce soir, pour discuter.

– Ah bon ?, je m'exclame, cette fois d'une manière plus indignée.

– Oui.

Il m'embrasse à nouveau, cette fois de façon plus appuyée et plus longuement.

– Tu ne m'as même pas demandé si j'étais libre.

– J'ai bien retenu la leçon. Hier, je t'ai demandé si je pouvais t'appeler et tu es restée évasive. Alors, je me dis qu'il est inutile que je te demande. J'ai besoin de te parler.

– Eh bien, je ne sais pas quoi répondre, dis-je dans un souffle, mes lèvres tout contre les siennes.

– Dis-moi simplement à quelle heure je viens te chercher. (Il suce ma lèvre en la tirant doucement.) En fait, je passerai te prendre à vingt heures.

Mon ventre fait des loopings et je pose les mains autour de sa taille pour m'empêcher de saisir ses fesses musclées.

– Sois prête.

Il rit et me donne un baiser profond et dur, puis il s'éloigne.

– Sinon quoi ?

– Tu verras bien.

– Tu vas me donner une fessée ?

Les autres nous attendent sur le terrain, je me dirige vers eux. Nous ont-ils vus nous embrasser ? Et si oui, qu'en pensent-ils ? J'espère vraiment qu'Elizabeth ne croit pas qu'il y a quelque chose de sérieux entre elle et Aiden. J'espère aussi qu'il n'existe rien entre eux qui m'empêcherait de vivre mon histoire magique. Pourvu qu'ils ne se soient pas embrassés ou qu'ils n'aient pas couché ensemble. Je voudrais m'assurer qu'ils n'ont rien fait. Mais comment poser la question sans courir le risque que la réponse me brise le cœur ?

– J'ai vraiment hâte d'être à ce soir, dit Aiden debout derrière moi.

Je sursaute en sentant sa main me tapoter légèrement les fesses.

– Hé ! Qu'est-ce qui te prend ?

– Je réponds simplement à ta question…

Puis il part en courant devant moi.

Cette soirée pourrait bien aller au-delà d'une simple conversation…

La séduction est une danse. Il faut bouger en rythme et se laisser aller. Je me regarde dans la glace. J'ai l'air sexy. Du moins, aussi sexy que je peux l'être, sans styliste ni maquilleuse professionnelle à ma disposition. On ne peut pas dire que je me dégonfle. Lorsque Aiden m'a demandé si je voulais sortir dîner, j'ai cru que j'allais m'évanouir. Je me sentais faible et mon cœur battait à tout rompre. J'entendais les gazouillis des oiseaux dans mes oreilles et tout était lumineux et merveilleux. Tout cela parce qu'Aiden m'avait proposé d'aller dîner. Je sais, je suis un cas désespéré, mais c'est comme ça que les choses se passent lorsque le garçon que vous aimez vous demande de sortir avec lui. C'est magique. Absolument magique.

Aiden m'attendant, allongé nu sur son grand lit, un simple sourire sexy sur le visage… J'espère que ce sera bientôt la réalité. Je suis tellement excitée que j'ai du mal à me contenir. Je vérifie mon sac pour m'assurer que j'ai une boîte de préservatifs – pas question qu'un problème de capote nous empêche de baiser à mort ce soir. J'ai mon rouge à lèvres, parfaitement assorti à mes talons, un gloss parfumé à la fraise, un petit flacon de mon eau de toilette. J'en vaporiserai avant d'arriver au restaurant parce que ce parfum ne tient pas. Je prends une boîte de pastilles à la menthe pour être sûre de mon haleine fraîche, mais aussi parce que je sais que tailler une pipe avec ces bonbons dans la bouche fait beaucoup d'effet. J'ai aussi mon téléphone, quarante dollars en espèces, ma carte d'identité au cas où on refuserait de me servir un verre. Et aussi un petit ours en peluche que j'emporte toujours avec moi. C'est un ours qu'Aiden m'a donné quand j'étais enfant, il l'avait gagné à une fête foraine. Il ne s'en souvient probablement pas, c'était il y a si longtemps. C'est un de mes petits trésors. Parfois, lorsque je suis dans mon lit, tard le soir, et que je me sens seule, j'attrape cet ours, je le serre et je l'embrasse en imaginant que cela me rapproche d'Aiden. C'est vraiment quelque chose de puéril, mais cela m'a toujours réconfortée jusqu'à présent.

– Il est là, Alice !, crie Liv dans le couloir. Je le vois garer sa voiture.

– De quoi j'ai l'air ?

Je sors de ma chambre dans ma courte robe noire et Liv siffle.

– Huumm, plus chaude que le désert du Sahara.

Je souris tout en tournant sur moi-même.

– Je me sens plutôt chaude, en effet.

– Plus que chaude, torride !

Elle plante son doigt sur mon bras et hurle.

– Qu'est-ce qu'il y a ?, je lui demande, sans comprendre.

– Je me suis brûlée !

Nous éclatons de rire.

– N'importe quoi ! Heureusement que tu n'es pas un mec. Tu ne tirerais jamais un coup avec ce style de blagues pourries.

– Je pense que je serais un mec bien. Je saurais exactement quoi dire pour choper les filles.

– Huumm, huuum.

Je souris ; elle m'observe lentement de la tête aux pieds puis se passe la langue sur les lèvres.

– Tu mérites vraiment d'être goûtée, que ce soit par un homme ou par une femme. (Elle se tait un instant, puis se passe de nouveau la langue sur les lèvres.) J'ai faim, tu me proposes une petite gâterie ?

– Oh, mon Dieu, non ! (J'éclate de rire à nouveau.) Tu ne feras jamais tomber une femme avec des mots pareils !

– Ah, c'est si mauvais ? Je suis d'accord, c'était plutôt pourri. Merci mon Dieu, je suis une femme et j'ai Xander.

– Tu as de la chance avec Mister Tongue. Doux avec ses mots et avec sa langue.

– Détrompe-toi, pas toujours doux non plus.

– Liv !

– Quoi ? Je suis honnête. Il n'est pas toujours doux. Quelquefois, il est dur et du genre agité.

– Liv, stop.

Je me fige lorsque retentit la sonnette. Il est arrivé. Aiden est enfin là et je vais partir pour ce que je considère comme mon premier rendez-vous officiel avec lui. J'ai envie de hurler.

– Liv, je crois que je vais m'évanouir.

– Tu veux un peu d'eau ?, me dit-elle, inquiète.

– Mon premier rendez-vous avec Aiden… (La sonnette retentit à nouveau.) Pourquoi il s'excite comme ça sur la sonnette ?

– Parce que c'est Aiden. Il n'a aucune patience.

– Je vais lui ouvrir.

– Dépêche-toi avant qu'il ne défonce la porte. Tu es vraiment superbe, Alice. Aiden a de la chance de t'emmener dîner.

– Merci, Liv.

Je me précipite vers la porte et surprends Aiden, la main en l'air.

– Ne me dis pas que tu allais sonner encore une fois !

– Mais si.

Il sourit, puis me dévisage de la tête aux pieds. Ses yeux s'écarquillent sur mes hauts talons rouges.

– Tu es jolie, Alice.

– C'est tout ? Elle est *jolie* ?, râle Liv qui nous a rejoints à la porte.

– Oui, elle est jolie. Tu ne trouves pas ?

– Elle est sublime, renchérit Liv. Resplendissante.

– Merci, Liv.

Je ris et je vois Aiden hocher la tête en direction de sa sœur.

– C'est vrai, Alice, tu es vraiment belle ce soir, me dit-il en me tendant la main. Très, très belle.

– Je préfère, approuve Liv.

– Tu es prête ? J'ai peur de devenir fou si je dois écouter ma sœur une seconde de plus.

– Je n'ai pas le temps de te rendre fou ce soir, mon cher frère. Xander m'emmène également dîner. Et je sais qu'il m'emmène dans un restaurant sympa, pas au *Burger King*.

– Quel idiot !, plaisante Aiden.

Liv lui lance un regard furieux.

– Allons-y, dis-je en me retournant pour embrasser rapidement Liv. À plus tard.

– Salut. Ne fais pas de bêtise. (J'ouvre mon sac pour lui en montrer le contenu et elle ricane en voyant les menottes.) Ah, ben si.

– Pourquoi riez-vous toutes les deux ?, demande Aiden avec une mine intéressée.

Je referme rapidement mon sac et me tourne vers lui.

– Pour rien. Allons-y, je meurs de faim.

– Moi aussi, renchérit-il, et je sens sa main glisser autour de ma taille tandis que nous sortons. Mais je ne sais pas vraiment ce qui est au menu.

Nous nous dirigeons vers sa voiture et Aiden se précipite pour m'ouvrir la portière de ce qui semble une nouvelle Mercedes C300 noire.

– Tu n'as plus ta Lincoln Navigator ?

– Elle est à la maison.

– Oh ! Alors c'est ta deuxième voiture ?

– Ouais.

Je me glisse sur le luxueux siège en cuir. Il est moelleux et chaud contre mes jambes nues et je m'enfonce dans le siège avec un sourire heureux.

– Comment se fait-il que tu aies une autre voiture ?

– Parce que j'en avais envie. Pourquoi ? Tu n'aimes pas la Mercedes ?

– Elle paraît bien. Je n'étais jamais montée dans cette voiture-là avant.

– Elle est très silencieuse. (Il allume le contact et se tourne vers moi.) Tu entends comme elle ronronne doucement pour moi ?

– Pas vraiment.

Il pose sa main près de son oreille en imitant un bruit de casserole.

– Tu n'entends pas ?

– Non, Dieu merci. Si ce bruit-là venait de ton moteur, je ne serais plus là.

– Touché, dit-il en riant. Bon, tu es prête pour aller dîner ? Comment va ton genou ?

Il touche ma jambe et je frissonne au contact de ses doigts sur ma peau.

– Ça pique un peu, mais ça va.

– Tant mieux. (Ses doigts courent le long de ma jambe jusqu'à la cuisse et mon souffle s'accélère.) J'aime ta robe. (Il repose ses mains sur le volant.)

– Merci. Tu es également très élégant avec ta chemise et ta cravate.

– Je suis content que la cravate te plaise.

– J'apprécie toujours une cravate.

– En toutes circonstances ?

– Oui, dis-je en retenant mon souffle tandis qu'il me fixe du regard.

– Bien.

Il accélère brusquement.

– Où allons-nous ?

– Je pensais t'emmener dans un bon restaurant de grillades, me répond-il tandis que je cherche une radio. Tout sauf le Top 40, s'il te plaît.

– Qu'est-ce qui te déplaît dans le Top 40 ? Moi, j'adore.

– Je n'ai pas besoin d'entendre Katy Perry ou Beyoncé hurler dans mes oreilles qu'elles adorent être célibataires.

– Elles ne hurlent pas. Et elles ne sont pas célibataires. (Je trouve une station de musique *country*.) Tu préfères ?

– Non. Je n'ai pas envie d'écouter l'histoire d'un mec qui part au bord d'un lac au volant de son pick-up avec son chien pour oublier son ex.

– Tu es injuste !, dis-je en riant. Toutes les chansons de *country* ne parlent pas de pick-ups.

– C'est en tout cas une raison suffisante pour ne pas écouter cette station.

J'opte pour une station latino et nous écoutons un homme chanter de tout son cœur.

– Et celle-là ?

– Je n'ai aucune idée de ce qu'il dit. Il propose de bâiller ?

– Non, il parle de danser. Il dit « *bailamos* », cela n'a rien à voir avec bâiller.

– Je veux bien écouter cette radio si tu continues de me parler en espagnol.

– Tout ce que j'ai dit, c'est *bailamos*.

– Oui, mais avec une intonation très sexy. J'ai un faible pour l'accent espagnol.

– Mon accent n'est pas bon.

– Il est suffisamment bon, ma *señorita* sexy.

– Oh, Aiden !

– Prononce Aiiiden, crie-t-il en accentuant la première syllabe de son nom.

– Je peux aussi t'appeler Juan.

– Appelle-moi comme tu veux, *señorita.*

Nous rions tous les deux.

– Je suis sincèrement heureux que tu viennes dîner avec moi ce soir.

– Tu ne m'as pas vraiment laissé le choix. C'était presque un ordre.

– Alors, merci d'obéir aux ordres.

– Je t'en prie.

Il attrape ma main.

– Donc, je voulais parler de… commence-t-il au moment même où je demande :

– Qu'y a-t-il entre Elizabeth et toi ?

J'ajoute aussitôt :

– Bon, il faut croire que nous sommes tous les deux prêts à parler ?

– De quoi voulais-tu parler en premier ?, me demande-t-il avec un sourire.

– Qu'est-ce que tu allais dire ?

– Je voulais te parler de la nuit où tu es venue dans ma chambre.

– Encore !

– Je ne veux pas être le grand frère effrayant de ta meilleure amie.

– Tu n'es pas du tout effrayant.

– Parfois, je pense que je le suis. (La déception perce dans sa voix.) Liv et toi êtes amies depuis si longtemps, je ne veux pas que tu penses que j'essaie de m'immiscer entre vous deux.

– Aiden, je ne sais pas si tu t'en souviens, mais c'est moi qui me suis glissée dans ton lit. Et pas l'inverse. C'est moi qui te désirais.

– Je ne savais pas si j'allais te laisser entrer.

– Qu'est-ce qui t'a décidé ?

– Tu te rappelles, quand je te donnais des cours ?

– Tu veux parler des leçons de maths ?

J'étais en troisième, il avait passé l'été à m'aider en géométrie.

– Ouais. Et je t'avais aussi appris à embrasser. (Il se tait quelques instants.) Je me sens toujours coupable d'avoir fait ça.

– Pourquoi ?

Je le regarde, surprise qu'il se souvienne de cette époque-là.

– J'ai été ton premier baiser. Et le premier garçon avec lequel tu as couché. Je me sens un peu comme un idiot.

– Aiden, tu étais mon premier baiser et tu as été incroyable. Au contraire, c'est moi qui étais l'idiote. C'est moi qui t'ai pratiquement obligé à m'apprendre à embrasser.

– Tu ne m'as pas obligé.

– Je t'ai supplié pendant deux semaines. Et je t'ai pratiquement attrapé le visage à deux mains à ce moment-là.

– Tu étais un peu agressive, c'est sûr.

– Et tu étais si doux. Tu m'as conduite vers le lit de Liv, tu m'as allongée, tu m'as dit de fermer les yeux et tu m'as embrassée doucement.

– Et tu as enfoncé ta langue dans ma gorge. Et puis Liv est entrée et elle a hurlé.

Il éclate de rire.

– C'était hilarant. Je me souviens encore de l'air horrifié de Liv lorsque je lui ai dit que je t'avais embrassé et que tu étais mon premier baiser. On aurait dit qu'elle allait vomir !

– Elle ne m'a jamais laissé l'oublier. Je pense que c'est une des raisons pour lesquelles je n'ai jamais reparlé avec toi de cette nuit où nous avons couché ensemble. J'ignorais ce que tu ressentais et je ne voulais pas qu'il y ait un malaise entre Liv et toi.

– Oh, Aiden ! Je croyais que tu me détestais et que tu me prenais pour une cinglée.

– Absolument pas. (Il arrête le moteur et se tourne vers moi.) Tu sais que j'ai toujours été attiré par toi.

– C'est vrai ?

– Cela ne t'a pas sauté aux yeux ces derniers mois ? Je ne peux pas m'empêcher de te regarder.

– Mais tu n'as pas envie de poser les mains sur moi.

– J'ai du mal à ne pas te regarder et à ne pas te caresser. Le fait de nous retrouver ensemble dans l'histoire des fausses fiançailles de Gabby, puis avec Xander et Liv m'a fait vraiment comprendre ce que je ratais.

– Il est vrai que nous nous voyons beaucoup ces derniers temps. J'ai moi aussi du mal à détacher mon regard de toi.

– Je sais, je suis super canon !

Il dégaine son sourire arrogant et je lui donne une tape sur l'épaule.

– Et modeste !

– Toujours ! Nous allons dîner ?

– Oh, oui. Je meurs de faim.

– Alors, il faut y remédier. Tu ne peux pas te permettre d'avoir le ventre vide.

– Pourquoi donc ?

– Parce que tu vas avoir besoin de toutes tes forces ce soir.

– Que va-t-il se passer, ce soir ?, je l'interroge, le cœur battant.

– Tu verras.

Il sourit et je le regarde sortir de la voiture. Je détache ma ceinture de sécurité et jette un coup d'œil dans mon sac. Je souris en voyant les menottes. Je suis presque sûre que je vais expérimenter ça aussi ce soir. Je vais enfin voir Aiden allongé sur le lit et nous n'aurons l'un et l'autre qu'un grand sourire sur les lèvres.

9.

Comment dire au frère de votre meilleure amie que vous voulez être dominée ?

– Tu veux un verre de vin ?, me demande Aiden à peine me suis-je assise sur son canapé.

– Volontiers.

J'accepte davantage pour avoir le loisir de jeter un coup d'œil à la décoration de son salon que pour le verre.

– Blanc ou rouge ?

– Je te laisse choisir, réponds-je en retirant mes chaussures à talons.

La libération soudaine de mes orteils m'arrache un soupir de soulagement.

– Ça va ?, me demande Aiden en regardant mes pieds.

– Je n'en pouvais plus !

Je me masse les pieds ; Aiden se rapproche un peu plus.

– Pourquoi tu as mis ces chaussures, alors ?

– Tu as vu le regard de tous les mecs lorsque je suis entrée dans le restaurant ? Ces regards-là valent le coup de souffrir un peu.

– Et mon regard lorsque je t'ai vue sur ces talons vertigineux ?

– Quel regard ?

Il s'agenouille devant moi. Que s'apprête-t-il à faire ? Un million de scénarios différents défilent dans ma tête. Je l'imagine remonter ma robe, baisser ma petite culotte, écarter mes jambes et enfouir sa tête contre mon sexe pour y introduire sa langue. Je me tortille sur le canapé, soudain très excitée à cette idée.

– Celui-là.

Aiden approche son visage du mien et je lis le désir dans ses yeux. Il se baisse pour attraper mon pied droit qu'il commence à masser. Une vague de désir m'envahit.

– Qu'est-ce que tu fais ?, dis-je, magnétisée.

– Je soulage tes orteils, je ne veux pas te voir souffrir, me répond-il en passant à mon pied gauche.

– Ah non ?

– Non.

Il se penche pour embrasser mes pieds. C'est encore plus excitant que ce que j'aurais imaginé. Il saisit mon gros orteil dans sa bouche et commence à le sucer. Ma petite culotte est mouillée. Je ressens une légère douleur dans ma chatte tandis qu'il suce un à un mes orteils, les yeux fixés sur moi. Mon désir monte et j'ai l'impression d'être désarticulée.

– Tu te sens mieux ?, me demande-t-il avec un sourire suffisant, avant de se relever.

– Euh… Oui. Et le vin alors ?

– Est-il bien raisonnable que tu boives du vin ?

– Je n'ai pris qu'un verre au restaurant.

– As-tu vraiment besoin d'en boire un deuxième ?

– C'est toi qui me l'as proposé.

– Je veux simplement que tu sois complètement avec moi ce soir.

– Je suis avec toi.

Oh, mon Dieu ! Va-t-il me demander de lui appartenir ?

– Je plaisante, reprend-il en riant. Je sais que Liv et toi pensez que je suis quelqu'un d'autoritaire.

– Nous faisons plus que le penser, nous le savons. Tu es très autoritaire.

– Pourtant, tu es encore là.

– C'est vrai. Maintenant va chercher mon verre de vin.

– Qui est le plus autoritaire ? Ne bouge pas, je reviens tout de suite.

Je regarde autour de moi. L'appartement dans lequel Aiden vient d'emménager est immense. Je ne savais pas qu'il était si luxueux. Le sol, en marbre blanc de Carrare, est chaud sous mes pieds. Sous la table basse en verre, devant le canapé en cuir noir, est disposé un large tapis blanc. De grandes fenêtres donnent sur la ville et je regarde les lumières et les voitures en bas de la rue avant de me diriger vers la bibliothèque qui occupe un mur entier.

– Tu vois quelque chose qui t'intéresse ?, me demande-t-il en revenant avec une bouteille de vin et deux verres.

– Qu'est-ce que tu me recommandes ?

Il pose la bouteille et les verres sur la table, puis vient vers moi.

– N'importe quel titre de Vonnegut.

Il attrape un livre, *Slaughterhouse-Five*.

– Et si tu n'as pas encore lu *Fahrenheit 451* de Ray Bradbury, tu passes à côté de quelque chose.

Je regarde les titres avec un petit sourire. Je ne suis pas certaine que ses livres puissent m'intéresser.

– Qu'est-ce que tu aimes lire ?, me demande-t-il en me regardant fixement, un petit sourire aux lèvres.

– Surtout des histoires romanesques. J'aime bien aussi la littérature contemporaine.

Je regarde les rayonnages de sa bibliothèque, et en sors une édition reliée du *Kama Sutra* pour la regarder de plus près.

– Joli.

Je feuillette les images représentant un couple dans différentes positions.

– C'est une de mes ex qui me l'a donné.

Je remets immédiatement le livre à sa place, soudainement jalouse en l'imaginant avec une autre femme en train d'essayer de reproduire les pages du livre.

– Je plaisante, Alice, me rassure-t-il en me caressant le bas du dos. Scott me l'a acheté lorsque j'avais vingt et un ans.

– Tu m'as bien eue !, dis-je, aussitôt soulagée. Et ça ?

Je montre un livre noir de plus petite taille qui s'intitule *Le Marquis de Sade*.

– Il s'agit d'une biographie sur le marquis.

– Tu t'intéresses à lui ?

– Tu veux savoir si le sadomasochisme m'intéresse ? Je peux utiliser un peu de cire de bougie…
– D'accord.
– Le bondage et la domination, c'est une autre histoire, ajoute-t-il avec un clin d'œil.
Je reste sans voix.
Il ouvre la bouteille de vin et me tend un verre de vin rouge. J'avale une longue gorgée. Mon cœur bat à tout rompre, et je ne suis pas sûre de garder le contrôle très longtemps.
– Merci.
– Musique ? Qu'est-ce que tu aimerais écouter ?
– Garth Brooks, s'il te plaît.
– Très bien.
Il pose son iPhone sur son support et le grattement des cordes de guitare jaillit des haut-parleurs. Je me raidis en entendant la voix de Garth sur son tube *Friend's in Low Places*.
– Tu écoutes Garth Brooks ?
– Bien sûr ! Tu danses ?
– Sur cette chanson-là ?, je réplique, de plus en plus surprise.
– Tu ne crois pas que je puisse fréquenter les bals populaires ?

J'éclate de rire.

– Non !

– Eh bien, tu te trompes.

Il me tend son verre et commence à bouger d'avant en arrière. Je reste bouche bée lorsqu'il pivote.

– Ouah, Aiden Taylor, tu me surprends de jour en jour !

– Pose ton verre.

Il attrape mes mains et commence à évoluer avec moi dans la pièce.

– « *I got friends* », chante-t-il en me regardant et mon cœur s'emballe.

Mais cette fois, cela n'a rien de sexuel. Cette fois, c'est l'épanouissement de l'amour au fond de mon cœur. L'instant est parfait et je sais qu'Aiden est fait pour moi.

– Bon, maintenant c'est moi qui choisis.

Il se dirige vers son téléphone. J'attends la chanson suivante.

– Sam Cooke ?, je m'exclame en souriant tandis que la voix douce du chanteur emplit la pièce et vient caresser mes oreilles. *Only Sixteen ?*

– Exact.

Il me prend à nouveau les mains et m'attire vers lui pour danser ce slow. Il chante près de mon oreille et nous ondulons au son de la musique, nos corps serrés l'un contre l'autre. Alors qu'il fredonne « *Only Sixteen* » en rythme avec la chanson, j'ai soudain le sentiment de me retrouver à l'époque de mes seize ans.

– Tu te souviens lorsque tu m'as appris à valser ?

Il baisse les yeux vers moi avec un sourire.

– Comment je pourrais l'oublier ? Tu m'as presque brisé les orteils !

– Pas du tout. C'est toi qui as failli casser les miens.

– Je ne comprenais pas bien pourquoi tu me demandais de t'apprendre à valser.

– Je voulais savoir au cas où un garçon me demande de danser au bal.

– Tu avais seize ans et tu étais au lycée. Aucun garçon n'allait t'inviter à valser.

– Je ne le savais pas. C'était mon premier bal. Je pensais que ce serait comme dans *Dirty Dancing*.

– Tu as dû être déçue, dit-il en me faisant basculer en arrière.

– Un peu. Mais uniquement parce que Patrick Swayze n'était pas là !

– Oh non ! Comment a-t-il osé te poser un lapin ?

– Aucune idée. (Aiden resserre son étreinte.) Il n'a même pas pu voir les nouvelles techniques que j'avais apprises.

– Des techniques que j'ai eu plaisir à t'apprendre, soit dit en passant.

– Pourtant, tu ne semblais pas vraiment content.

– Si, j'étais très heureux de le faire.

– Vraiment ?

Il s'arrête de danser et me regarde.

– J'étais très, très heureux. Presque autant que je le suis maintenant.

– Et pourquoi ?

Il me serre un peu plus et je sens quelque chose de dur contre mon ventre. Serait-ce la boucle de sa ceinture ? Je plaisante. Je sais qu'il s'agit d'autre chose, une chose qui attend de jouer avec moi.

– Je suis plus heureux aujourd'hui car nous sommes tous les deux adultes.

Ses mains descendent sur mes fesses et commencent à les caresser.

– Qu'est-ce que tu fais ?, je demande en rapprochant mon visage du sien et en fermant les yeux.

J'ai tellement envie de sentir ses lèvres sur les miennes que je glisse mes bras autour de son cou.

– Quelque chose comme ça. (Il soulève ma robe et pose ses mains sur mes fesses nues.) Ah, tu portes un string.

– Je suis démasquée.

Sa respiration se fait plus saccadée tandis que j'ondule contre lui.

– Alice !

Il m'embrasse goulûment, sa langue glisse dans ma bouche. Je sens la saveur enivrante du vin sur ses lèvres. Je plonge les mains dans ses cheveux et tire sur ses mèches soyeuses pendant qu'il continue de me pétrir les fesses.

– Aiden, dis-je dans un soupir.

Ses mains remontent le long de mon corps et commencent à caresser mes seins. Il joue avec mes tétons à travers le tissu léger de ma robe.

– Tu es si belle, Alice. Si belle.

Sa voix se fait rauque lorsqu'il m'attire vers lui. Il reste un instant immobile, avant de faire un pas en arrière.

– Enlève ta robe.

Je veux me serrer contre lui pour retrouver la chaleur de son corps.

– Non. Ne me touche pas. Pas encore, dit-il en pointant son doigt sur moi.

– Oh !

– Enlève ta robe.

– Et le mot magique ?

– Pas de mot magique, marmonne-t-il en m'attrapant par les poignets. Tu fais ce que je dis, quand je le dis.

– Sinon, quoi ?, je demande, le souffle court, excitée par son ton agressif.

– Sinon ça.

Il fait glisser ses doigts le long de mon corps de bas en haut, et pince mes seins. Il m'attire vers lui et me conduit vers la grande baie vitrée.

– Pose tes mains sur la vitre.

Il se place derrière moi. Je m'exécute en regardant les lumières qui brillent en face de nous.

– Personne ne peut nous voir, n'est-ce pas ?

Il attrape mes seins.

– Je n'en sais rien, me répond-il d'une voix rauque en saisissant mes mains pour les poser contre la vitre. Cela te gênerait qu'on nous voie ?, me chuchote-t-il à l'oreille.

Je sens son sexe dur sur mon cul et je ferme les yeux en murmurant quelque chose de façon incohérente. C'est beaucoup plus chaud et sexy que ce dont j'avais rêvé.

– Tu es à moi ce soir, Alice. (Il m'embrasse dans le cou.) Tu vas crier mon nom et faire des choses que tu n'aurais même pas imaginées.

– Quelles choses ?

– Enlève ta robe, ordonne-t-il en s'écartant de moi.

Je me retourne lentement pour le regarder. Ses yeux brillent de désir et je vois palpiter la veine de son cou. La cravate légèrement desserrée, c'est l'homme le plus sexy que j'aie jamais eu le plaisir d'admirer. Je reste debout devant lui sans rien dire, puis je retire lentement ma robe et la jette sur lui.

Il inspire profondément tout en observant mon corps presque nu. Je porte un string et un soutien-gorge en dentelle rouge assortis à mes chaussures à talons. Mon soutien-gorge transparent laisse entrevoir mes seins.

– Donne-moi ta petite culotte.

Je me sens légèrement décontenancée. Très excitée, mais décontenancée.

– Tu veux que je te donne ma petite culotte ?, je demande, le souffle court.

– Oui. Maintenant.

– Tu es sérieux ?, j'insiste, légèrement tremblante.

– Enlève. Ta. Petite culotte. Maintenant. *Por favor.*

Il me fixe du regard sans sourire.

– Je croyais que tu ne connaissais aucun mot en espagnol ?, je tente de plaisanter, mais il ne répond rien.

Je prends une profonde inspiration, j'enlève rapidement mon string et le lui tends.

– *Gracias.* (Il baisse les yeux vers mon sexe avec un petit sourire.) Ce terrain d'atterrissage me plaît, déclare-t-il d'un air satisfait.

– Espérons que tu puisses atterrir au bon endroit.

– Ne crains rien. Je suis un pilote expérimenté.

Il fait alors quelque chose que l'on ne voit que dans un film porno : il renifle mon string et ferme les yeux en gémissant avant de les rouvrir pour me regarder.

– Tu es bonne à déguster.

– J'en suis ravie.

J'ai du mal à déglutir et je me passe la langue sur les lèvres avec nervosité.

– Tu m'as donné faim. (Il fourre ma culotte dans sa poche.) Enlève ton soutien-gorge.

– Mes seins sont censés te rassasier ?

Il avance vers moi et fait glisser ma bretelle droite sur mon bras.

– Je croyais que tu voulais que je l'enlève.

– Je ne peux pas attendre.

Il détache mon soutien-gorge et le jette par terre. Il se penche sur mon sein gauche et commence à le sucer tout en jouant avec l'autre. Ses dents qui mordillent mon mamelon me font gémir ; sa succion se fait plus taquine.

– Oh, Alice, souffle-t-il. (Il s'agenouille devant moi.) Viens ici.

Il m'attrape par la taille et m'attire vers lui, collant mon sexe sur son visage.

– Qu'est-ce que tu fais ?

Je sens ma chatte frissonner tandis que l'air froid glisse entre mes jambes.

– Appuie-toi contre la fenêtre, commande-t-il en se reculant légèrement.

Je me retrouve le dos contre la vitre froide. Je me demande si quelqu'un peut nous voir et si oui, ce qu'il peut en penser. On doit voir mon dos nu, mes fesses et mon corps qui tremble.

– Ooohh… Aiden !

Je crie en sentant sa langue me lécher ; elle joue avec mon clitoris.

– Chhuuut !

Ses mains écartent davantage mes jambes. Sa langue continue son va-et-vient et je serre mes jambes autour de son visage tandis qu'il me donne du plaisir. Je ne pensais pas que cela pouvait être aussi bon. J'ai hâte d'en parler à Liv. Il faut qu'elle sache qu'il y a un autre Mister Tongue en ville. J'ai du mal à retenir mes cris sous les mouvements de sa langue qui me pénètre. Elle est si agile qu'il me semble que c'est sa queue tout entière qui me pilonne en cadence. Puis il immobilise mes hanches et me place juste au-dessus de son visage.

– Aiden, non…

Les différentes parties de son visage effleurent mon clitoris. C'est la chose la plus excitante que j'aie jamais faite ; je n'arrive pas à croire que je suis en train de vivre ça. Il arrête soudain de bouger mes hanches et sa langue me pénètre, violemment, tel un ouragan. Je jouis en quelques secondes. Mon orgasme semble décupler l'énergie d'Aiden qui continue de me lécher avec frénésie.

Quand il se relève, je suis épuisée et je l'enlace.

– Tu es rassasié ?, je murmure, les yeux brillants.

– Loin de là.

Je dénoue sa cravate et la jette. Puis je déboutonne sa chemise, mes doigts frôlent son torse tandis que je la lui enlève.

– Le pantalon, maintenant.

Je défais sa ceinture, puis j'ouvre sa braguette pour laisser surgir son sexe dur et tendu. Il gémit lorsque mes doigts s'en emparent dans un mouvement de va-et-vient. Lui donner du plaisir m'excite. Il ferme les yeux pendant que je joue avec sa bite, et je m'agenouille pour la prendre dans ma bouche avec avidité. Elle est salée sous ma langue. Je la suce avec enthousiasme, comme s'il s'agissait d'une friandise juteuse.

– Continue, Alice, gémit-il, totalement à ma merci.

Je donne des petits coups de langue sur son gland, avant de m'arrêter brusquement. Il lâche un juron.

– Qu'est-ce que tu fais ?, grogne-t-il en me tirant vers lui.

– J'attends le mot magique, réponds-je avec un sourire et il éclate de rire.

– D'accord, je vais te dire le mot magique.

Il me retourne et je me retrouve à nouveau face à la fenêtre. Il enroule ses bras autour de ma taille et me tire les fesses en arrière pour que je me penche en avant.

– Aiden !, dis-je en pleine confusion avant de me raidir en sentant le bout de sa queue se frayer un passage entre mes jambes. Oh, oh, oh !

Je crie au moment où il se frotte contre mon sexe très humide.

– Quel est le mot magique, Alice ?

Je le sens chercher dans sa poche. Sa main lâche ma taille pendant une seconde et je l'entends déchirer un paquet. Je vois tomber l'emballage du préservatif. Aiden le fait glisser sur son sexe raide qu'il caresse de nouveau contre moi.

– Oh, s'il te plaît !

Je crie en sentant son membre me pénétrer lentement. Je veux qu'il me baise. Fort. Je veux le sentir en moi.

– S'il te plaît ?, répète-t-il en riant, avant de ressortir aussitôt.

Ses doigts caressent mon clitoris, doucement d'abord, puis plus nerveusement.

– Aiden, s'il te plaît !

Je hurle lorsque ses doigts accélèrent, et sa bite me pénètre profondément.

– Aiden !

Il m'agrippe au niveau des hanches en accélérant son mouvement de va-et-vient. Mes seins sont pressés contre la vitre et je crois sortir de mon propre corps. Le plaisir est extrême, parfait. J'ai l'impression que je vais exploser. Ses doigts maintiennent leur mouvement sur mon clitoris en même temps que sa bite va et vient en moi. Je suis sur le point de connaître le plus grand orgasme de ma vie.

– Jouis pour moi, Alice, lâche-t-il en accélérant le rythme.

– J'y suis presque !

Mon corps tremble sous le coup de mon orgasme. Je sens alors Aiden s'enfoncer encore plus profondément puis s'immobiliser au moment où il explose en moi. Il se retire, me retourne et m'embrasse passionnément.

– Allons dans ma chambre maintenant.

– Tu as encore faim ?, dis-je en bâillant légèrement tandis qu'il m'embrasse sur la joue.

– J'ai toujours faim de toi. Et je n'en ai pas fini avec toi, ajoute-t-il en me mordillant la lèvre.

– Vraiment ?

Je me sens étourdie.

– Oh, non. Loin de là.

Il me soulève et m'emmène dans sa chambre.

– Est-ce une promesse que tu peux tenir ?

Je ris lorsqu'il me laisse tomber sur son lit.

– C'est une promesse que je peux tout à fait tenir. (Il se penche vers moi et m'embrasse passionnément.) Ne bouge pas, je vais chercher une bouteille d'eau.

– D'accord, réponds-je en me blottissant dans les draps.

– Ne t'endors pas.

Il sort précipitamment de la chambre. Je reste allongée, avec un large sourire et le sentiment d'être comblée.

Le lendemain matin, Aiden me réveille en m'embrassant dans le cou. Je souris en m'étirant contre lui.

– Bonjour, beauté, me dit-il en m'embrassant rapidement. Je vais préparer le petit-déjeuner, d'accord ?

J'acquiesce timidement.

– Après, je devrai partir. Il faut que je travaille sur des listings pour des agents immobiliers aujourd'hui.

– J'espérais que nous pourrions traîner un peu au lit. Y a-t-il un moyen de te faire changer d'avis ?, ajoute-t-il en me léchant l'épaule.

– J'adorerais rester, réponds-je en faisant glisser mes doigts le long de son dos, mais malheureusement, le devoir m'appelle.

– Dommage ! (Il saute du lit et se dirige vers la porte.) Ne bouge pas, je t'apporte le petit-déjeuner.

Alors que je me demande si je devrais appeler l'agence pour dire que je suis malade, le téléphone d'Aiden, posé sur la table de chevet, émet un bip. Je ne peux m'empêcher de le prendre pour lire le texto. Simple curiosité. C'est un texto d'Elizabeth qui lui demande : « Alors, elle a posé des questions à propos des marques de menottes ? » Je suis sous le choc. Qu'y a-t-il vraiment entre eux ?

J'avale mon petit-déjeuner en vitesse en faisant mon possible pour ne pas demander à Aiden à quel jeu il joue avec Elizabeth et moi. Je veux d'abord en parler à Liv. J'ai besoin de son avis et de ses conseils. J'ai vraiment envie d'être avec

Aiden, mais je ne sais pas ce que je peux exiger de lui, ni même si nous sommes réellement ensemble. J'ai besoin de réfléchir à tout cela pour décider de mon plan d'action. Une chose est sûre : je ne peux plus continuer ainsi. J'ai besoin de réponses et de vérité.

10.

Dring Dring

Dès que j'arrive à l'appartement en rentrant du travail, je comprends qu'il s'est passé quelque chose. L'air est frais et l'atmosphère trop calme. Je referme la porte et reste sans bouger pendant quelques secondes. Pourquoi ai-je l'impression de ne pas être chez moi sous mon propre toit ?

– Alice, c'est toi ?, crie Liv.

Je suis le son de sa voix jusque dans la cuisine.

– Bien sûr que c'est moi. Qui d'autre cela pourrait-il être ? Que se passe-t-il ?

Elle est assise devant la table de la cuisine, une théière et deux tasses posées devant elle.

– Tu veux du thé ?

– Non, merci. Nous ne buvons jamais de thé. (Je m'assieds en face d'elle.) Nous n'avons acheté ce service à thé qu'au cas où nous rencontrerions quelques Anglais sexy pour pouvoir les inviter et leur proposer du thé avec des petits gâteaux.

– Exact, mais ce n'est jamais arrivé.

– Ouais. Qui a dit que tous les Anglais sont sexy ?

– Ou aiment le thé. (Elle rit.) Ils préfèrent la bière.

– Les pintes, comme ils disent.

Je ris puis me rassieds en la dévisageant.

– Tu peux me dire ce qui se passe ?, je demande à nouveau, le cœur battant.

Est-elle sur le point de m'avouer qu'Aiden et Elizabeth sortent ensemble et qu'il a joué avec moi hier soir ? J'ai été nerveuse toute la journée de ne pas avoir pu lui demander ce qui se passait exactement entre eux. Une partie de moi redoute qu'Aiden ne dise quelque chose que je ne veux pas entendre. Liv semble mal à l'aise, elle me regarde étrangement.

– Liv, est-ce qu'Aiden sort avec Elizabeth ?, finis-je par lâcher, le souffle court.

– Quoi ? De quoi tu parles ?

– Est-ce qu'Aiden est avec Elizabeth ?

– Tu n'as pas passé la nuit avec Aiden ? Tu ne m'as pas envoyé un texto pour me dire que tu passais la nuit chez lui ?

– Si, bien sûr.

– Alors, pourquoi penses-tu qu'il est avec elle ?

– C'est une longue histoire. (Je soupire en la regardant jouer avec ses cheveux.) Tu n'es pas gravement malade, au moins ?

– Quoi ? Non, bien sûr que non.

– Alors, que se passe-t-il ?

– Xander m'a demandée en mariage hier soir.

Je la dévisage, sous le choc, tandis qu'elle me regarde d'une façon hésitante. Pour être tout à fait honnête, cette annonce m'inspire des sentiments contraires. Je suis bien évidemment folle de joie pour elle. Mais j'ai également peur. Sans doute y a-t-il une part de déception ou de jalousie, mais il se passe trop de choses, trop de changements, trop d'incertitudes dans ma vie ; j'ai du mal à me maintenir à flot. J'en pleurerais.

– Oh, mon Dieu, fais-moi voir la bague !, finis-je par demander en lui prenant la main. Ouah ! Est-ce qu'il est allé en Afrique du Sud et a creusé lui-même ? Il est énorme !, dis-je en étudiant le gros caillou à son doigt.

– Tu trouves, toi aussi ? Il est trop gros.

– Ce n'est jamais trop gros. Je pensais qu'il allait t'offrir la bague de famille.

– Il ne se voyait pas faire sa demande avec cette bague-là après l'avoir vue portée par Gabby.

Liv fait la grimace. C'est vrai que Xander avait fait office de faux fiancé auprès de Gabby, la sœur aînée de Liv.

– Je comprends. Oh, mon Dieu, Liv, je suis tellement contente pour toi !

– Tu ne m'en veux pas ?

– Mais non, pas du tout. Bon, d'accord, je reconnais que je suis un peu jalouse, mais tu sais très bien que je suis vraiment heureuse pour toi.

– Cela va être tellement bizarre…

– Quoi donc ?

– Partir d'ici, te laisser. Emménager avec Xander.

– Quand pars-tu ?, je demande d'un ton naturel, alors que j'ai le ventre noué.

Je vais me retrouver toute seule à vingt-deux ans. Elle avait prévu de partir de toute façon, mais maintenant, cela devient bien réel.

– Pas avant que nous ne soyons mariés. J'ai dit à Xander que je ne voulais pas que nous vivions ensemble avant le mariage.

– Oh… Est-ce que ce n'est pas un peu tard pour jouer à la vierge effarouchée ? Tu ne lui as pas déjà dit que tu allais emménager avec lui ?

– Vierge effarouchée ? De quoi tu parles ?

– Ne pas vivre avec Xander avant d'être mariée.

– Je ne fais pas ça parce que je refuse de vivre dans le péché, je le fais pour toi.

– Pour moi ?

– Oui ! Je sais que tu ne veux pas que je déménage et je n'en ai pas envie non plus. J'adorerais que Xander s'installe ici et que nous vivions ensemble, mais il n'acceptera jamais. Et je te rappelle qu'il m'a déjà demandé de m'installer avec lui et que j'ai déjà dit oui.

– Tu n'as pas besoin de faire ça pour moi. Si tu veux vivre avec lui maintenant, fais-le.

– Il m'a proposé de m'installer avec lui avant de me demander en mariage et même si j'étais heureuse, je ne savais vraiment pas quoi dire. Je ne savais pas non plus comment te l'annoncer et je me suis sentie tellement mal quand tu l'as appris. Mais comme je ne veux pas te laisser maintenant, je lui ai dit que je préférais que nous attendions d'être mariés.

– Ouah ! Je ne sais pas quoi dire…

– Lui non plus !, réplique-t-elle en riant. Je pense qu'il n'est pas très content que j'aie changé d'avis sur la date de mon emménagement.

– Alors, largue-le. Trouve un garçon qui sera plus conciliant. Qui a besoin de Xander, de toute façon ? Dis-lui de garder sa bague pourrie !, je plaisante et Liv éclate de rire.

– Tu sais combien je l'aime, me répond-elle d'un air rêveur et nous contemplons toutes les deux sa superbe bague.

– Je sais.

– C'est ma vie, Alice. C'est l'homme que j'attendais. C'est celui qui me comble. Il est ma meilleure moitié. Ma moitié parfaite. Et il m'aime. Il m'aime vraiment. Après tout ce qui s'est passé. (Elle se tait et attrape mes mains.) Je n'aurais jamais pensé que je rencontrerais quelqu'un comme lui.

– Je sais. Et tu le mérites. Il est parfait pour toi. Je suis si heureuse pour toi, Liv.

– Je te souhaite d'avoir ce que j'ai. Je veux que tu sois aimée et que tu aimes comme j'aime.

– Le ciel en a peut-être décidé autrement, réponds-je, les yeux humides. Je ne suis peut-être pas faite pour l'amour éternel. Je ne suis peut-être pas celle qui rencontre l'homme idéal.

Je suis peut-être destinée à rester toute seule pour toujours. (Une larme coule sur ma joue, je baisse la tête et je sens mon cœur se briser pour la millionième fois de la semaine.) Je suis peut-être condamnée à n'avoir personne.

– Tu as Aiden.

– Je ne sais pas ce que j'ai avec Aiden. (Mes larmes redoublent.) Nous avons passé la nuit dernière ensemble. C'était merveilleux. Tellement parfait que j'avais l'impression que mon cœur et mon âme étaient en feu. L'amant idéal.

– Huum, c'est bizarre d'entendre parler ainsi de mon frère.

– Excuse-moi.

– Ça va, je vais m'en remettre.

– Il m'a fait des choses, Liv... Tu n'imagines même pas ! Il m'a donné des ordres, puis il m'a fait me déshabiller et nous avons fait l'amour contre sa fenêtre.

– Sa fenêtre ?, répète-t-elle en écarquillant les yeux.

– Un truc de dingue ! C'était torride.

– Ouah !

– Mais Elizabeth lui a envoyé un sms.

– Qui disait quoi ?

– Elle lui a demandé quelque chose à propos du fait que j'avais remarqué les traces des menottes.

– Ce n'est pas possible ! Pourquoi lui aurait-elle demandé ça ?

– Je ne sais pas. J'étais trop effrayée pour lui poser la question. (Je soupire.) Tu crois qu'il nous voit toutes les deux ? Tu penses que je devrais faire semblant d'avoir un autre mec pour essayer de le rendre jaloux ?

– Surtout pas. (Elle réfléchit un instant.) Peut-être que nous prenons cela par le mauvais côté.

– Qu'est-ce que tu veux dire ?

– Nous avons peut-être été trop imprudentes. Nous avons peut-être essayé de jouer sur trop de tableaux.

– Tu crois ?

– Oui. Et Xander le pense aussi.

– Qu'est-ce qu'il a dit ?

– Il pense que nous devrions grandir.

– Quoi ???

– Je sais, moi aussi je me suis demandé pour qui il se prenait à me parler comme ça. Mais il a peut-être raison. Peut-être que tous nos jeux et nos stratagèmes ne conviennent pas pour trouver un type bien.

– Cela a bien marché pour toi.

– De justesse. Nos manigances ont bien failli me le faire perdre.

– Je suppose que nous sommes en train de grandir.

– Qui l'eût cru ?

– Un esprit malicieux, conclus-je en me mouchant.

– Je t'aime, Alice. (Elle serre ma main.) Mon frère est un imbécile s'il ne voit pas combien tu es parfaite pour lui.

– Nous savons déjà que c'est un idiot.

– C'est vrai. Avant d'oublier, est-ce que tu voudrais bien être ma demoiselle d'honneur ?

– Essaie de m'en empêcher !

– Je vais te donner un conseil. En réalité, le conseil vient de Xander, mais il est judicieux.

– Je t'écoute.

– Xander pense que tu dois avoir une conversation sérieuse avec Aiden. Il est d'avis que tu lui dises tout ce que tu ressens pour voir où il en est.

– Je ne sais pas. Je ne veux pas qu'il se dise que je suis un cas désespéré.

– Tu dois avoir une discussion avec lui, et j'ai une idée pour ça.

– Aïe, c'est quoi ? N'avons-nous pas dit que nous devions nous comporter en adultes à partir de maintenant ?

– Nous le sommes. Attends, je vais chercher quelque chose.

Elle se lève d'un bond et se précipite hors de la cuisine. Elle revient une minute plus tard avec son ordinateur portable.

– Il faut que tu ailles là.

– Où ça ?

Je regarde la page sur son écran. Le site indique *Kat's Corner* et affiche une paire de menottes en fourrure.

– C'est quoi, *Kat's Corner* ?

– C'est là que tu vas emmener Aiden.

– Je vais emmener Aiden à *Kat's Corner*… Pourquoi ?

– Pour lui montrer que tu peux te prêter à toutes ces choses. Imagine combien il sera choqué si tu apportes des trucs sadomasos, à moins bien sûr que vous n'en ayez parlé hier soir.

– Non, nous n'en avons pas parlé. Mais il est clair qu'il aime prendre le contrôle.

– Envoie-lui un sms. Demande-lui de te retrouver là-bas demain soir.

– Quoi ? Tu es sérieuse, là ?

– On ne peut plus sérieuse. Abats tes cartes et voyons comment il réagit.

– Tu penses vraiment que c'est une bonne idée ?

– J'en suis certaine. Mon frère doit arrêter de jouer.

– Très bien, allons-y, dis-je avec nervosité.

J'attrape mon téléphone et envoie un message à Aiden.

– Et voilà, c'est parti pour les boutiques spécialisées dans le sadomaso, et pour la vérité.

– C'est parti pour toi et Aiden. Maintenant, ouvrons une bouteille de champagne pour fêter mon mariage.

– À Xander et à toi qui allez vous marier, et à moi qui vais recevoir une bonne fessée d'Aiden. Ou bien c'est Aiden qui va recevoir une bonne fessée de ma part, dis-je en riant.

11.

Oups ! J'ai recommencé

Je ne connais pas grand-chose des rapports dominant-dominé en dehors de ce que j'ai lu dans deux romans érotiques et vu dans un de ces films à la limite du pornographique. C'est pour cette raison que j'ai décidé de louer une chambre chez *Kat's Corner*, un sex-shop qui est en même temps un club faisant découvrir aux couples l'univers SM. On peut y louer des chambres pourvues de toutes sortes d'équipements, de vêtements et de jeux pour quelques centaines de dollars. J'ai puisé dans mes économies destinées à l'achat d'un sac à main Louis Vuitton. Je veux montrer à Aiden que je suis une fille qui aime ce qui est épicé, et que j'apprécie son style de vie alternatif. En tout cas, c'est ce qu'a dit la femme à l'entrée de la boutique lorsque j'ai loué la chambre. Elle a dit que les modes de vie différents concernent aussi bien les hommes que les femmes qui aiment ce qui est un peu *hot* et n'hésitent pas à sortir des sentiers battus. J'ai acquiescé et souri d'un air entendu, comme si je savais exactement de quoi elle parlait. En réalité, je ne sais pas vraiment ce que je suis prête à faire et à accepter. C'est quelque chose de complètement nouveau pour moi et plus j'y pense, plus je crains de ne pas être du genre à me sentir détendue en faisant Dieu sait quoi. Même si ma dernière nuit passée avec Aiden a été torride.

Je m'étonne également qu'Aiden soit dans ce trip-là. Je ne le vois pas être complètement dominant… Mais après tout, qu'est-ce que j'en sais ? Il en a parlé avec Xander et Xander me l'a dit. Je vais donc lui montrer – enfin, j'espère – que je peux être la partenaire de tous ses fantasmes.

Toc. Toc. Je retiens mon souffle en prenant conscience que c'est Aiden. Il est temps pour moi d'entrer en action. J'inspire profondément et secoue les mains pour me calmer.

– Je peux entrer ?

La voix d'Aiden semble perplexe derrière la porte ; je sais qu'il se demande où il est. L'extérieur de la boutique est neutre, n'affichant qu'une discrète inscription *Kat's Corner*. On ne peut donc guère deviner qu'il s'agit d'un sex-shop, et encore moins qu'il abrite des chambres sadomasos. À moins, bien sûr, d'être un initié, mais je ne veux pas envisager cette éventualité.

– Une minute.

Je vérifie mon apparence une dernière fois dans la glace en remettant mes cheveux en ordre. Je me passe la langue sur les lèvres et me dirige vers la porte, que j'ouvre lentement. Aiden se tient là, l'air déconcerté, les yeux grand ouverts lorsqu'il se retrouve face à moi. Je porte une jupe courte à carreaux et un dos-nu blanc. J'ai adopté le look écolière coquine, comme dans le clip de Britney Spears, *Oops ! I did it again*, car j'ai lu que c'est l'un des fantasmes préférés des hommes et je tiens à mettre toutes les chances de mon côté pour exciter Aiden.

– Alice ?, dit-il d'une voix hésitante, toujours sur le seuil de la porte.

– Oui, Monsieur, je réponds le souffle court, jouant mon rôle.

– Monsieur ?

Il me dévisage avec curiosité. Je le prends par le bras et le tire à l'intérieur.

– Monsieur, êtes-vous venu pour me donner une bonne leçon ?

Je bombe la poitrine. Cela devient de plus en plus dur de conserver un visage impassible et de ne pas me sentir embarrassée alors qu'il reste debout, l'air ahuri. Ce n'est pas du tout comme cela que j'avais imaginé les choses.

– Te donner une leçon ?

Il jette un regard autour de lui et fronce les sourcils en découvrant le lit *king size* et les différents accessoires. Il se retourne alors vers moi, le regard interrogateur. Je passe lentement la langue sur mes lèvres en jouant avec mes cheveux.

– J'ai été une vilaine fille, Monsieur.

J'attends qu'il me réponde, le cœur battant. Est-ce que cela va être le pire des plans séduction ?

– Tu as été une vilaine fille ? (Il se passe à son tour la langue sur les lèvres.) Tu sais ce qui arrive lorsqu'on est une vilaine fille, n'est-ce pas ?

– Non, qu'est-ce qui arrive aux filles qui ne sont pas sages ?

Mon rythme cardiaque accélère lorsque je comprends qu'il entre dans le jeu.

– Elles sont punies. (Il m'attrape par la taille.) Tu veux être punie, Alice ?

– Comment vas-tu me punir ?

– Tu n'oublies pas quelque chose ?

Il gémit légèrement lorsque ses mains glissent dans mon dos, le long de ma jupe, et qu'il s'aperçoit que je n'ai pas de sous-vêtements. Pas même un string.

– Quoi donc ?

– N'oublie pas de m'appeler Monsieur.

Il me frappe légèrement les fesses et j'écarquille les yeux.

– Oui, Monsieur.

Je me sens euphorique. Ce jeu de rôle est beaucoup plus excitant que ce que j'avais prévu. Je m'y projette vraiment.

– Oublie encore une fois et je serai obligé de te faire faire quelque chose de spécial.

– C'est-à-dire ?, je murmure tandis que sa bouche se rapproche dangereusement de la mienne. Pardon, à quelle tâche spéciale pensez-vous, Monsieur ?

– Bien rattrapé. Tu serais à genoux devant moi si tu ne t'étais pas reprise rapidement.

– Agenouillée devant toi ?

– Tu serais à genoux, ma fermeture éclair serait baissée et tu aurais ma queue dans la bouche.

– Oh !

Je déglutis difficilement. Il est vite passé en mode coquin et cela me réjouit.

– Cela ne ressemble pas à une punition, Monsieur.

– Ce n'est pas une punition. C'est une surprise avant la punition.

Je me tais en voyant qu'il commence à rire. Que se passe-t-il ? Est-ce qu'Aiden joue vraiment le jeu ? Est-ce que cela va vraiment marcher ?

– Quelle punition désires-tu, Alice ?, me murmure-t-il à l'oreille et je sens le bout de sa langue. Est-ce que tu veux que je te montre ce que je veux faire, ou est-ce simplement un jeu pour toi ?

– Ce n'est pas un jeu. J'adore ça, je veux que tu continues.

Mes doigts s'agrippent à ses épaules. Tous les prétextes ont disparu. Ce n'est plus un jeu et je ne m'inquiète plus de savoir ce qui va se passer. Je n'ai plus peur.

– Allons-y, alors. Monsieur est prêt pour commencer la leçon. Je veux que tu t'allonges sur le ventre. (Aiden ferme la porte à clef derrière lui tandis qu'il me regarde me diriger vers le lit.) Tu as été une vilaine, vilaine fille, Alice.

– Pourquoi, Monsieur ?

– Tu es venue en classe sans culotte. Et tu t'es tripotée pour me faire bander.

– Je l'ai fait uniquement parce que je pensais que c'était ce que vous vouliez, je réplique, complètement excitée.

– J'ai pour mission de t'enseigner les mathématiques, pas de t'apprendre à te tripoter. (Il soulève ma jupe et me donne une fessée.) Voilà ce que l'on mérite lorsqu'on joue les allumeuses.

– Oh, Monsieur...

Je gémis tandis que ses doigts se glissent entre mes jambes, touchent mon sexe humide puis me frappent à nouveau doucement.

– Et ça, c'est parce que tu es déjà toute mouillée.

– Je n'y peux rien si vous me faites mouiller, Monsieur.

Il s'assied sur le lit et soulève mes jambes pour les poser sur ses genoux.

– Ce sont seulement les méchantes filles qui mouillent pour leur professeur, poursuit-il en me caressant le cul. Ce sont uniquement les méchantes filles qui veulent que leur professeur joue avec elles.

– Je suis une méchante fille, je soupire pendant qu'il me caresse doucement le clitoris. Je suis une très méchante fille.

– Montre-moi comme tu es méchante, Alice.

Sa voix est grave lorsqu'il me soulève de ses genoux pour me reposer sur le lit. Je regrette que les fessées prennent déjà fin.

– Que voulez-vous que je fasse ?, dis-je en écartant les jambes pour lui.

Il ouvre grand les yeux et arbore un sourire satisfait.

– Je veux que tu te caresses jusqu'à ce que je te dise d'arrêter.

Je vois le défi dans ses yeux. Est-ce qu'il est sérieux ?

– Qu'est-ce que tu attends, Alice ?

Je prends une profonde inspiration et je glisse la main droite entre mes jambes. Dès que je sens combien je suis humide, je ferme les yeux.

– Stop, ordonne-t-il rudement. Ouvre les yeux. (J'obéis et je le fixe, frissonnant devant l'intensité de son regard.) Je veux que tu me regardes lorsque tu te caresses. Je veux voir le plaisir dans tes yeux lorsque tu arrives au bord. Je veux découvrir chacune de tes émotions pendant que je contemple ton âme. (Sa main guide la mienne et la fait aller et venir sur mon sexe.) Je veux voir comment tu te caresses pour savoir ce que tu aimes.

– Tu sais ce que j'aime.

Il glisse un doigt en moi.

– Aiden sait ce que tu aimes. Mais pas le professeur. (Il retire son doigt et le suce.) Maintenant, regarde-moi et montre-moi.

– Oui, Monsieur.

Je me sens complètement dans la peau de la méchante fille dont il vient de me traiter et je replace ma main entre mes jambes. Je bouge doucement mes doigts et je regarde fixement les yeux bleus d'Aiden tandis que je me caresse. Je me sens de plus en plus excitée. Il enlève ma main.

– Maintenant, il est temps pour le professeur de te montrer comment faire.

Il retire sa cravate et la pose, enroulée, à côté de moi sur le lit.

– Qu'est-ce que tu vas faire ?

– Place tes mains au-dessus de ta tête et tiens tes poignets serrés l'un contre l'autre. (Il attache mes poignets avec sa cravate.) Bien. Ainsi, tu ne peux plus te caresser. Tu vas être une gentille fille, maintenant ?

– Oui, Monsieur.

– Bien.

Il saute du lit et je le regarde ôter sa chemise et son pantalon, puis son caleçon.

– Je ne savais même pas que cet endroit existait. Comment en as-tu entendu parler ?

Je reste silencieuse quelques secondes. Ce n'est pas le moment de lui dire que sa sœur a découvert l'endroit pour moi.

– Cela ne te regarde pas.

– Alors, tu continues à être une vilaine fille ?

Il glisse ses doigts entre mes seins et descend sur mon ventre. Puis je sens sa langue glisser sur mes jambes et à l'intérieur de mes cuisses. Mon corps tout entier tremble dans la perspective de ce qui va suivre tandis que je sens son souffle près de mon sexe. La pointe de sa langue effleure mon clitoris et je gémis quand il commence à remonter le long de mon corps en l'embrassant.

– Non, je ne veux pas être une vilaine fille.

– Ce n'est pas très convaincant. Voyons quels jouets nous avons ici. (Il fait le tour de la chambre et ramasse un martinet qu'il me montre.) On essaye ça ?

– Si tu veux.

– Ou bien nous pouvons utiliser la tapette ? (Il en tient une qu'il frappe légèrement dans sa main.) Tu préfères que je prenne ça ?

– J'aimerais mieux ta main, réponds-je timidement.

– Tu aimes quand je te tape, hein ?

– Peut-être, Monsieur.

– Tu es une sale fille, hein ? Tu aimes ça quand je te mets sur mes genoux. Tu aimes lorsque ma grosse main d'homme claque sur ton cul rebondi. Tu aimes quand mes doigts se glissent dans ton sexe humide. Tu aimes quand je te caresse. Ça t'excite, hein ?

Sa respiration devient plus lourde et il pose le martinet et la tapette par terre pour attraper autre chose. On dirait une énorme plume. Il se dirige vers moi en souriant.

– Je vais me servir de ça pour te chatouiller.

– Non, tu sais que je suis très chatouilleuse.

– C'est pour cela que je vais l'utiliser. Je vais t'amener au bord.

– Et après ?

– Alors, tu me supplieras de descendre. Tu vas me supplier de sauter du bord.

– J'ai peur de sauter.

– Je serai là pour te rattraper.

Il fait courir la plume sur mes lèvres, puis sur mon cou et jusqu'à mes seins. Je me tortille sur le lit tandis que la plume me chatouille les tétons.

– Aiden, s'il te plaît, gémis-je en oubliant que je joue le rôle de son élève.

– Qui ? Je m'appelle Monsieur.

– Monsieur, s'il vous plaît, je supplie tandis qu'il fait courir la plume d'avant en arrière sur mon clitoris.

– S'il vous plaît quoi ?

– S'il vous plaît, laissez-moi jouir.

Je suis toute proche de l'orgasme, mais il me pousse vers les limites sans aller jusqu'au bout.

– Pas encore. Tu ne peux pas jouir avant que je ne te le dise.

– J'aurais dû savoir que tu étais un dictateur, je maugrée.

– Un dictateur ? (Il éclate de rire.) Alors, non seulement je suis un type autoritaire, mais maintenant je suis aussi un dictateur.

– Laisse-moi jouir, Aiden !, je râle tandis que ses doigts commencent à me caresser doucement.

– Je croyais que tu voulais que je prenne les choses en main. Ce n'est pas pour cela que tu m'as invité dans un club sadomaso ? Tu veux que je te domine, non ?

– Je voulais savoir…

Je m'interromps lorsqu'il glisse deux doigts en moi. Je vais jouir. Mon corps frissonne tandis qu'il fait entrer et sortir ses doigts, puis il se penche et me lèche.

– On dirait que le professeur est méchant aussi.

Il caresse doucement mon sexe avec le sien.

– Oui, tu l'es.

– C'est que j'aime ça, n'est-ce pas ? Attends. Je vais juste chercher mes préservatifs.

J'essaie de dégager mes mains, ce qui le fait rire.

– Attends. (Il remonte sur le lit pour libérer mes poignets.) Alors, que faisons-nous maintenant ?

– Que veux-tu dire ? Je pensais que nous étions sur le point de faire l'amour ?

– Oui, mais peut-être qu'on ne devrait pas le faire ici, au *Kat's Corner*.

– C'est toi l'expert, dis-je en faisant glisser mes doigts sur son torse. Tu suggères d'utiliser quoi ?

– Huumm… (Il parcourt la chambre du regard.) À propos de ça…

Il laisse échapper un gémissement lorsque j'attrape son sexe dur.

– À propos de quoi ?

Je le sens se raidir un peu plus dans ma main.

– Rien. (Il m'attrape par la main pour me faire descendre du lit.) Enfile ça, ordonne-t-il en me tendant une veste en latex noir avec deux gros trous pour y placer mes seins.

– On dirait une camisole de force, je commente en considérant les manches attachées ensemble.

– Mets-la. (Il me regarde pendant que je l'enfile et s'attarde sur mes seins nus.) Pourquoi est-ce que cela semble encore plus sexy que lorsque tu étais nue ?

– Je ne veux pas la mettre. Je veux pouvoir te toucher.

– Il ne s'agit pas de ce que tu veux. Pas tout de suite.

Il me pince les seins.

– Tu aimes prendre les choses en main, n'est-ce pas ?

– Les tiennes, oui. Penche-toi, commande-t-il en me poussant vers le lit, relevant mes fesses tandis qu'il se place derrière moi. J'aime savoir que tu es toujours prête pour tout ce que je veux faire, me murmure-t-il juste avant de me pénétrer. Oh, oui !

Il va et vient en se tenant à mes hanches. Je sens sa queue entrer et sortir à un rythme infernal. C'est bizarre de ne pas pouvoir bouger les mains ni les bras. Mes seins frottent contre le drap et je sens qu'il est sur le point de jouir car il s'immobilise juste avant que son corps ne frémisse contre le mien. Puis il se retire, me pousse dans le lit et m'embrasse.

– Oh, Alice... (Il caresse mon visage en haletant.) C'était fabuleux !

– Je suis contente de vous avoir fait plaisir, Monsieur. Qu'allons-nous faire maintenant ?

– Parlons. Je crois que nous devons parler.

– D'accord. Est-ce que tu peux m'enlever cette veste d'abord ?

– Bien sûr. (Il défait les bretelles et je l'enlève en vitesse.) Je dois te dire quelque chose.

– Est-ce que c'est à propos d'Elizabeth et toi ?

– Oui.

Il semble nerveux.

– De quoi s'agit-il, Aiden ?

Je m'écarte légèrement de lui, redoutant ce qu'il va me dire.

– Il s'agit de la façon dont Elizabeth et moi nous sommes rencontrés.

Il regarde autour de lui et laisse échapper un soupir.

– Vous sortez ensemble tous les deux ? C'est ta petite amie ?

– Non, ce n'est pas ma petite amie. (Il me saisit les mains.) C'est difficile pour moi, Alice.

– Tu peux tout me dire, Aiden. (Je le regarde dans les yeux et j'y lis de l'inquiétude.) Vous êtes dans une relation SM ? Tu la domines ?

Il secoue la tête, puis prend une profonde inspiration :

– C'est pire que cela, Alice, bien pire.

12.

Qui est votre maître ?

Mon téléphone sonne juste à ce moment-là – c'est toujours comme ça, on est toujours interrompu au moment crucial d'une conversation. Et idiote comme je suis, je me précipite pour répondre.

– Allô ?, dis-je d'une voix hésitante parce que je ne reconnais pas le numéro.

– Alice, c'est Henry.

– Bonjour, Henry, dis-je en retournant au lit, un grand sourire sur le visage. Qu'est-ce que je peux faire pour toi ?

– Tu peux peut-être m'aider. (Il rit puis s'éclaircit la gorge.) Je me disais que nous pourrions prendre un café ce week-end ?

– Tu veux prendre un café avec moi ?

Ma voix grimpe dans les aigus sous le coup de la surprise.

– Je me disais qu'en tant que garçon d'honneur de Xander, je devais apprendre à mieux connaître la demoiselle d'honneur de Liv.

– J'adorerais mieux te connaître… Aïe !

Aiden m'a donné une claque sur les fesses.

– Alice, tout va bien ?

– Oui, désolée, je…

Aiden passe les mains autour de ma taille pour m'attirer vers lui.

– Désolée, oui, tout va bien, reprends-je, le souffle court, tandis qu'Aiden me pince les seins.

– Oh, ok, dit Henry sans conviction. Alors, quel jour te convient le mieux ce week-end ?

– Huum, je pourrais sam… Oh !

Je gémis au moment où je sens Aiden venir en moi. Je ferme les yeux pendant qu'il bouge en moi.

– Henry, est-ce que je peux te rappeler ?

– Bien sûr. Tout va bien, Alice ?

– Oui !, je lâche à bout de souffle avant de raccrocher. Qu'est-ce que tu fais ?

Aiden me retourne sur le dos pour s'installer sur moi.

– Ce n'est pas très correct de ta part.

– Qu'est-ce qui est incorrect ?, réussis-je à articuler alors qu'il me prend les mains et me pénètre lentement.

– Répondre à un appel pendant que nous discutons.

– Bon, tu me disais qu'Elizabeth et toi vous étiez…

– Rien, Alice, dit-il en m'embrassant fort.

– Comment ça, rien ?

Il continue d'aller et venir lentement en moi.

– Il n'y a rien entre Elizabeth et moi. (Il se retire et s'assied sur le lit.) Je vais avoir mal aux couilles.

– Qu'est-ce que ça veut dire ? Tu couches avec moi tout en ayant une relation SM avec elle ?

– Je n'ai pas ce genre de relation avec elle. Je l'ai engagée.

– Tu quoi ? C'est une prostituée ? (Je lui lance un regard furieux.) Je le savais. Je le savais.

– Non, Alice. (Il me saisit les mains en souriant.) Ce n'est pas une prostituée, c'est une actrice. Je sais, c'était idiot de ma part.

– Une actrice ?

– Je voulais te donner une leçon. C'était peut-être une erreur.

– De quoi tu parles ? Pourquoi voulais-tu me donner une leçon ?

– Toi et Liv, vous êtes tellement gamines. Quand vous avez loué les services de Brock et de Jock et que vous avez fait semblant de sortir avec eux, Xander et moi nous avons pensé que vous méritiez toutes les deux une bonne leçon.

– Quoi ? Xander était au courant ?

Je suis sous le choc.

– Je pensais que ce serait une bonne idée. Je voulais juste te rendre la monnaie de ta pièce.

– La monnaie de ma pièce ?

– Tu vas répéter tout ce que je dis ?, me dit-il en souriant.

– Je ne sourirais pas si j'étais toi. Vas-y, continue ton histoire.

– Quand je t'ai vue embrasser Scott, cela m'a vraiment énervé, mais j'ai parlé avec lui et Xander, et je me suis dit que peut-être, tu m'aimais, après tout.

– Est-ce que cela n'a pas toujours été évident ?

– Pas vraiment, Alice. Pas avec tous les jeux idiots auxquels tu t'adonnes avec Liv. Je ne savais vraiment pas quoi penser.

– Je ne joue pas à des jeux idiots, je rétorque en faisant la moue.

Il se penche vers moi pour m'embrasser sur les lèvres.

– Mais si, Alice. (Ses doigts glissent le long de ma joue.) Et bizarrement, j'ai décidé que je devais te rejoindre dans ton propre jeu. C'est pourquoi j'ai embauché Elizabeth.

Je réponds à son sourire par un regard noir.

– Nous avons décidé de mettre en place un faux flirt sur Facebook pour te prendre au piège, elle m'a envoyé des faux sms, j'ai parlé de faux rendez-vous, je l'ai invitée au match de football – ce qui était une idée de Xander, soit dit en passant – et j'ai attendu que tu mordes à l'hameçon.

– Je pensais que tu sortais avec elle. J'étais tellement en colère et désorientée et… (Je pointe mon index sur lui.) C'est vraiment moche ce que tu as fait.

– Je voulais juste te rendre jalouse. Et je voulais que tu voies combien c'est idiot et puéril de faire semblant d'avoir des relations et de monter de toutes pièces des bateaux pour rendre quelqu'un jaloux.

– Peu importe.

Je détourne les yeux. Je me sens toujours furieuse, mais je suis aussi incroyablement heureuse. Il n'aime pas Elizabeth ! Je suis au septième ciel.

– Je suis désolé, Alice.

– Pourquoi as-tu fait cela, Aiden ? Tu voulais juste me piéger ?

– Tu ne comprends pas ? Je t'aime. J'ai des sentiments pour toi. J'ai des sentiments pour toi depuis longtemps. Je pensais que tu ressentais la même chose, mais je voulais être sûr que tu sois suffisamment adulte pour une relation. Et je voulais être certain que c'était ce que tu voulais.

– Tu m'aimes alors ?

– Peut-être plus.

Il me sourit à son tour et m'embrasse.

– Peut-être ?

– Plus que peut-être, rectifie-t-il en riant. Je ne veux simplement pas être le grand frère naze de ta meilleure amie.

– Tu n'es pas naze. Enfin, pas complètement.

– Pas complètement ?

– Il faut se rendre à l'évidence : tu es ici, avec moi, nu, dans un sex-shop.

– Cela signifie que tu es aussi un peu naze.

– Je suis venue ici uniquement pour toi. Je voulais que tu saches que je veux bien essayer ton mode de vie alternatif, dis-je en rougissant.

– À ce propos…

– Quoi encore ? Ne me dis pas que tu es vraiment membre d'un club SM ?, je demande, soudain inquiète.

– Quoi ? (Aiden éclate de rire.) Pas du tout ! Tu sais que tu as une imagination débordante.

– Alors, que veux-tu me dire ?

– Écoute, je ne suis pas un dominant. Ne me frappe pas, s'exclame-t-il en levant les mains.

– Quoi ? Xander m'a dit que… (Je me tais en comprenant que j'ai été piégée.) C'était un mensonge, aussi ?

– Oui, acquiesce-t-il avec un sourire contrit. Xander pensait que ce serait drôle.

– Drôle ?

– Il pensait que ce serait intéressant de voir ta réaction.

– Alors, tu m'as donné une fessée et tu m'as laissée t'appeler Monsieur pour t'amuser ?

– Cela m'a bien plu. Tu peux me le redire autant que tu veux.

– Euh…

– Et je peux te donner un coup de martinet quand tu veux aussi. (Il joue avec mes seins.) En fait, nous pouvons faire ce que tu veux.

– Est-ce que je peux prendre un harnais et…

– Non. Tout sauf ça. Il n'est pas question que tu utilises un harnais avec moi.

– Ah… (Je ris.) À quoi d'autre penses-tu, alors ?

– Eh bien, je me disais que nous pourrions essayer de jouer avec un chapelet anal.

– Un chapelet anal ?

– Un chapelet anal, un vibromasseur et tout ce que nous voulons. Tout ce qui te convient, me dit-il, les yeux brillants.

– Je pense qu'il y a beaucoup de choses qui peuvent me convenir, je murmure contre ses lèvres tandis qu'il me pénètre à nouveau.

J'enroule mes jambes autour de sa taille et il gémit en bougeant en moi. Son sexe semble aller toujours plus loin à chaque poussée.

– Tant mieux, parce que je prévois beaucoup de choses pour nous deux. (Il se déverse en moi et se penche pour me sucer les tétons.) Et qui sait ? Peut-être qu'un jour, je finirai par être ton maître.

– Ou peut-être que ce sera moi.

Et je lui donne une forte claque sur les fesses.

13.

Parler de sexe par sms ou au téléphone ?

– J'hallucine !

Liv semble choquée lorsque j'ai fini de lui raconter ma nuit avec Aiden.

– Je vais tuer Xander. Je ne peux pas croire qu'il ait échafaudé ce plan sans me mettre dans la confidence !

– C'est fou, hein ?

Je suis tellement heureuse qu'Aiden et moi ayons finalement été honnêtes l'un envers l'autre que je ne peux retenir mon excitation.

– Plus que fou. (Liv s'assied sur mon lit et rit.) Je ne peux pas croire qu'Aiden ait fait ça. Je savais bien qu'il ne pouvait pas être un dominant.

– Il a des dispositions, crois-moi. Tu aurais dû voir comment il m'a prise sur ses genoux.

– Je suis très heureuse, au contraire, de ne pas avoir vu ça. Je ne veux pas paraître rabat-joie, mais savoir que vous dormez ensemble continue à m'inquiéter.

– Nous ne dormons pas beaucoup. Ton frère est une bombe au lit.

– Que s'est-il passé une fois qu'il a reconnu avoir menti au sujet d'Elizabeth ?

– Il m'a dit qu'il avait aussi inventé les trucs sadomasos.

– Xander est vraiment rusé. Je parie qu'il savait depuis le début que tu m'en parlerais tout de suite.

– Ouais, je le pense aussi. Le contraire semble inimaginable.

– Cela veut dire qu'il savait que j'étais au courant depuis le début. Je vais me venger pour ça.

– Comment ?

– Je vais le menotter au lit ce soir. Et après, je jouerai avec son corps. Je vais le titiller, le chatouiller, l'agacer... Nous verrons alors s'il apprécie d'être attaché.

– Oh, Liv !

J'éclate de rire.

– Il doit être puni. Et quelle meilleure façon que par une dominante en herbe ?

– Mais tu ne veux pas être une fille dominante.

– Il n'a pas besoin de le savoir.

– Tu es diabolique !

– Je sais. Je suis une vilaine, très vilaine fille.

– C'est ce que j'ai dit à Aiden hier soir.

– À mon sujet ?

– Non, en parlant de moi. Nous étions vraiment dans un jeu de rôle. Je pense que je vais lui demander de louer un uniforme de policier et je serai la criminelle à qui il fait passer un interrogatoire.

– Ah, d'accord !

– Je pourrais aussi être une *escort girl* et il pourrait être mon bel inconnu. Nous pourrions nous rencontrer au bar d'un hôtel et il ferait comme s'il passait me chercher.

– Tu sais que la prostitution est interdite par la loi. Si quelqu'un pense que vous êtes réellement dans cette relation, vous pouvez être arrêtés.

– Tout ira bien, il est avocat. Il pourra nous sortir d'un mauvais pas si nécessaire.

– Tu es folle, Alice.

– Aiden aussi. Et il aime ma folie. Enfin, jusqu'à un certain point.

– Alors, quelle est l'étape suivante ? Tu veux sortir dîner ?

– Bonne idée ! Je meurs d'envie de poulet frit. Attends, je vais me changer.

Elle m'emboîte le pas jusque dans ma chambre.

– Alors maintenant, Aiden et toi, c'est officiel ?

– Non. Il ne parle pas vraiment de notre relation. Il ne m'a pas demandé d'être sa petite amie ni sa femme.

– Alice, ce n'est pas parce que vous avez couché ensemble qu'il va te demander en mariage.

– Je sais bien. Il ne me l'a pas proposé non plus après notre toute première nuit. J'espérais juste qu'il dise quelque chose à propos de nous, que ce soit plus officiel, tu vois ?

– Je sais. C'est dur de coucher avec un garçon sans savoir précisément quel genre de relation il souhaite.

– J'ai un peu l'impression d'être une pute, à vrai dire. J'adore faire l'amour avec Aiden, mais je me sens nulle. Et je ne sais pas pourquoi. Si les hommes peuvent coucher avec une fille sans avoir une véritable relation avec elle, alors je devrais pouvoir en faire autant, mais ça sonne faux.

– Je pense que cela vient du fait que tu souhaites réellement être en couple avec lui, alors tu te sens un peu dans l'impasse en ce moment.

– Je voudrais juste avoir ce titre officiel de petite amie.

– C'est normal, Alice. J'ai ressenti la même chose avec Xander. Enfin, à peu près. La première fois, cela a été une aventure d'un soir, mais après avoir couché plusieurs fois avec lui, j'ai commencé à me demander si je lui plaisais vraiment et si cela allait au-delà d'une simple histoire de fesses.

Je soupire en m'asseyant au bord du lit.

– J'aimerais juste savoir où tout cela va nous mener.

– Pourquoi tu ne lui poses pas la question ?

– Tu crois ? Cela paraît un peu prématuré, non ? Nous venons à peine de nous avouer que nous éprouvons des sentiments l'un pour l'autre.

– D'accord, mais cela fait un moment que vous ressentez quelque chose l'un pour l'autre. Alors, pose-lui simplement la question.

– Peut-être. Je ne veux pas lui faire peur.

– On parle d'Aiden. Il n'a pas peur. C'est plutôt lui qui fait peur.

– C'est un ours qui aime donner des ordres, mais il n'est pas effrayant.

– Je sais, je sais. Il est l'ours qui aime t'attacher et t'apprendre les bonnes manières, et tu adores ça !

– Ne sois pas jalouse. Je n'y peux rien si mon homme a un côté pervers.

– J'ai une question à te poser, me lance Liv au moment où nous quittons l'appartement pour rejoindre notre restaurant favori à quelques rues de là.

– Quoi ?

– Elle devient quoi, maintenant, Elizabeth ?

– Aucune idée. Mais tu veux que je te dise quelque chose de drôle ? Lorsque nous étions au café et que j'ai vu Scott et Elizabeth échanger un regard, j'ai eu l'impression qu'ils se connaissaient déjà.

– Ah bon ? Par l'intermédiaire d'Aiden ?

– Non. (Je secoue la tête en repensant à ce moment.) C'était comme s'ils se connaissaient mieux que ça. Je ne sais pas. J'ai peut-être imaginé tout cela, mais j'ai pensé qu'ils avaient échangé un regard vraiment intense pendant quelques secondes, et puis c'est passé.

– Je me demande comment ils se sont rencontrés.

– Moi aussi. Je vais essayer d'en savoir plus.

– Oh, Alice !, glousse-t-elle au moment où nous entrons dans le restaurant. Est-ce que nous pouvons manger d'abord, et réfléchir à un plan d'attaque après ?

– Bien sûr. Commençons par manger, dis-je en sentant la bonne odeur de poulet frit.

Je suis allongée sur mon lit, rassasiée et heureuse. J'allais me retourner et m'endormir lorsque mon téléphone bipe.

« Salut, ma douce ». Je souris en voyant le message d'Aiden.

Alice : *Salut.*

Aiden : *Tu m'as manqué aujourd'hui.*

Alice : *Oh, tu voulais une fessée ?*

Aiden : *Je trouverais n'importe quelle excuse pour toucher ton petit cul.*

Alice : *Et ton travail ?*

Aiden : *Bien. J'ai pensé à toi toute la journée. J'ai bandé à mort. :)*

Alice : *Génial !*

Je me demande si notre relation n'est qu'une histoire de cul pour Aiden.

Aiden : *Qu'est-ce que tu portes en ce moment ?*

Alice : *Pourquoi ?*

Aiden : *Je veux pouvoir t'imaginer.*

Alice : *Ok...*

Aiden : *Alors, qu'est-ce que tu portes et où es-tu ?*

Alice : *Je suis à un bal masqué et je porte un costume de rat.*

Aiden : *Cela n'a rien de sexy. :)*

Alice : *Et toi, où es-tu et que portes-tu ?*

Aiden : *Je suis couché, nu, et je pense à toi.*

Alice : *Oh, Aiden, des mots que j'ai toujours eu envie d'entendre.*

Aiden : *J'aimerais que tu sois avec moi.*

Alice : *J'en suis certaine.*

Aiden : *Déshabille-toi.*

Alice : *À la fête ?*

Aiden : *Je sais que tu n'es pas à une fête.*

Alice : *Ok, espèce d'obsédé.*

Aiden : *Dis-moi quand tu auras enlevé tes vêtements.*

Alice : *Pourquoi ?*

Aiden : *Parce qu'à ce moment-là, nous pourrons jouer.*

Alice : *Jouer avec des mots ?*

Aiden : *Enlève tes vêtements.*

Alice : *Ok.* (J'enlève mon tee-shirt et mon short.) *Je suis nue.*

Aiden : *Bien. Envoie-moi une photo.*

Alice : *Non.*

Aiden : *Non ?*

Alice : *Non, je ne fais pas de photo nue.*

Aiden : *Une visio avec moi alors ?*

Alice : *Peut-être.*

Je saute du lit et cours vers ma commode. Je mets rapidement du rouge à lèvres et du blush sur mes joues. Je me recoiffe. Il n'est pas question d'avoir l'air épuisé.

Aiden : *C'est oui, alors ?*

Alice : *C'est un peut-être.*

Dring dring. Je ris en prenant l'appel vidéo d'Aiden.

– J'ai dit peut-être, pas oui.

– Je voulais te voir.

Il regarde le téléphone et je sais qu'il essaie de voir si je suis nue.

– Je ne te vois pas correctement.

– Tu ne vois pas mon visage ?

– Je vois ton beau visage, mais rien d'autre.

– Qu'est-ce que tu veux voir ?

– Tout !, dit-il dans un éclat de rire. Laisse-moi te regarder.

Je me glisse sur le lit et m'allonge.

– Parfait.

Il baisse le téléphone et me montre son sexe qu'il tient dans sa main droite.

– Oh, tu es déjà prêt pour moi, alors ?

– Je suis prêt depuis ce matin, au moment où tu es partie travailler.

– Mais tu allais travailler toi aussi.

– Je me serais fait porter pâle pour toi. Tu as passé une bonne journée ?

– Ouais, longue et ennuyeuse, mais bien. J'ai dîné avec Liv.

– Qu'est-ce que vous avez mangé ?

– Poulet frit.

Je ris en voyant sa grimace.

– Vous deux, vous adorez le poulet frit.

– Cela te pose un problème ?

– Pas du tout. Je suppose que tu lui as parlé d'Elizabeth et du truc sadomaso ?

– Oui, elle est tombée des nues. Elle veut le faire payer à Xander.

– Il n'attend que ça ! Il est même super impatient.

– Vous êtes vraiment tordus.

– C'est l'hôpital qui se fout de la charité.

– Très drôle !

Je suis heureuse que la conversation soit passée sur les choses du quotidien et plus uniquement sur le sexe.

– Et toi ? Tu as passé une bonne journée ?

– Oui, une bonne journée. J'ai vu Elizabeth pour le déjeuner.

– Ah bon ?, dis-je, avec une pointe de jalousie.

– Ouais, je devais lui payer le solde de son cachet.

– Au fait, est-ce que tu sais si elle connaissait Scott avant tout ça ?

– Scott, mon frère ?

Il semble confus.

– Oui, ton frère.

– Non, pourquoi ?

– Comme ça.

Je sais qu'Aiden ne veut pas me voir m'immiscer dans sa vie, alors j'en reste là.

– Tu as fait quoi d'autre de ta journée ?

– À part penser à toi ?

– Ouais.

– Pas grand-chose. Compter les heures jusqu'à ce que je puisse t'appeler ce soir.

– Aahh. Où en sommes-nous ?

– Qu'est-ce que tu veux dire ?

– Est-ce que nous sortons officiellement ensemble ?

– C'est ce que tu veux ?

Le téléphone a glissé et je ne peux plus voir son visage.

– Je veux ce que tu veux.

– Pourrait-on en parler plus tard ? En ce moment, mon esprit est concentré sur une seule chose.

– Laquelle ?

– La manière la plus rapide de te faire jouir sans te toucher.

– Je pense que tu sais déjà.

Je ris et m'installe confortablement.

– Je veux que tu te caresses, Alice, et je veux que tu baisses le téléphone pour que je puisse te voir.

– Tu es un vilain garçon, Aiden.

– Et c'est pour cela que tu m'aimes.

Il rit et je me fige. Sait-il combien ses mots sont vrais ?

– Ok, je veux que tu prennes ton doigt et que tu caresses doucement ton clitoris. Oui, comme ça.

Il gémit en me regardant jouer. Je ferme les yeux en faisant glisser mes doigts d'avant en arrière et en l'écoutant me donner des ordres. Je n'aurais jamais pensé que parler de sexe au téléphone ou par vidéo puisse être particulièrement *hot*, mais je me trompais. Je suis tellement excitée par sa voix grave me dictant ce que je dois faire, que je ne sais pas quoi faire moi-même.

– Maintenant, glisse un de tes doigts à l'intérieur de ta chatte, m'ordonne-t-il et je gémis à ses mots. Oh, j'aimerais tant être avec toi maintenant. Mets le téléphone près de ton visage, je veux te voir.

– Tu ne peux pas t'empêcher de commander tout le monde, hein ?, dis-je tandis que je regarde le téléphone et qu'il me dévisage avec envie.

– J'ai tellement envie de te baiser. (Il tend son bras et je vois sa main aller et venir rapidement sur sa bite.) J'aimerais que tu sois là, assise sur moi en train de me chevaucher. J'aimerais te toucher et te goûter lorsque tu jouis pour moi. J'aimerais tellement que tu sois là.

– Qu'est-ce que tu ferais si j'étais là ?

Je me caresse plus vite.

– Je te ferais asseoir sur mon visage. Je promènerais ma langue et je te lécherais jusqu'à ce que tu jouisses. (Son visage se tord, il approche de l'orgasme.) Alors je te retournerais et je te sucerais le cul.

– Aiden !

– Est-ce que tu t'es déjà fait sucer le cul ? Tu adorerais ça. (Il regarde droit dans l'objectif.) Tu serais ma vilaine, vilaine fille. Je te ferais mettre à genoux puis je te prendrais en levrette et nous jouirions tous les deux tellement fort et tellement vite que nous ne comprendrions pas ce qui se passe.

– Ooooh !, je hurle tandis que mon corps se raidit sous l'orgasme.

– C'est ça, Alice ! Gémis pour moi, bébé, dis-moi combien tu as envie de moi.

– J'aimerais sentir ta bite, là, tout de suite. J'aimerais te sentir en moi. Je voudrais faire courir mes doigts sur ton dos pendant que tu jouis en moi.

– Oh, putain, Alice ! (Je vois son corps frémir dans l'orgasme.) C'était tellement chaud ! (Il sourit en regardant le téléphone, puis se rallonge.) Je voudrais te caresser, là tout de suite.

– Moi aussi. J'adorerais être dans tes bras.

– Bientôt. J'ai une surprise pour toi et j'ai hâte de te voir et de te tenir dans mes bras.

– Bonne nuit, Aiden.

– Bonne nuit, mon cœur. Rêve de moi.

Il m'envoie un baiser et je le regarde. J'aime cet homme chaque jour davantage.

14.

Reste avec moi

– Je n'arrive pas à croire que tu m'emmènes à un concert de Sam Smith pour mon anniversaire ! C'est vraiment cool de ta part.

– Liv se sentait mal de rater ton anniversaire et elle a pensé que ce serait une bonne idée, me répond Aiden.

– C'est pour ça tu m'as emmenée ici ?

Je ne cache pas ma déception.

– Je t'aurais fait prendre l'avion jusqu'à San Francisco uniquement parce que Liv se sentait mal ? C'est ce que tu penses ?

– Je ne sais pas.

Nous traversons l'Auditorium Bill Graham Civic.

– Je ne suis pas du genre à rendre service. Est-ce que tu veux rester debout près de la scène ou t'asseoir ?, me demande-t-il en me prenant la main.

– Nous avons des places assises ?

– Les premiers assis, ce sont les premiers arrivés.

– Oh !

Je regarde la foule pour faire croire que je réfléchis, mais la seule chose à laquelle je pense, c'est sa main. Aiden Taylor me tient par la main ! Je crois rêver.

– Alors ?

– Asseyons-nous. Je ne suis pas certaine de pouvoir rester longtemps debout avec ces trucs-là, dis-je en regardant mes talons.

– Ok. (Il me serre contre lui au moment où trois types passent et me dévisagent.) Tu veux boire quelque chose ?

– Oui. Un verre de vin rouge, s'il te plaît.

– Très bien.

Nous nous dirigeons vers un bar improvisé et nous faisons la queue.

– Je t'ai aussi emmenée ici parce que je veux que notre premier rendez-vous officiel soit un événement mémorable.

Il semble sûr de lui, mais sa voix trahit sa nervosité.

– Alors, c'est un rendez-vous ?

– Si tu veux bien.

– Si je veux bien ? Oui, ça me va !

Nous faisons enfin notre première sortie officielle après avoir fait plusieurs fois l'amour. Je ne suis pas vieux jeu, mais c'est agréable lorsque les rendez-vous ont lieu avant d'avoir une relation sexuelle. Surtout les relations basées sur le rapport dominant-dominé.

– Parfait.

Il passe le bras autour de ma taille et m'embrasse sur la joue, tout près de mon oreille, à la limite de mes cheveux.

– Parfait, je répète bêtement.

Je suis en apesanteur. Puis-je enfin croire qu'Aiden souhaite nouer une véritable relation amoureuse avec moi ? Est-ce que cela signifie que je suis sa petite amie ? J'ai le vertige en y pensant, mais je ne veux pas forcer ma chance en posant trop de questions. S'il y a une chose qui agace les hommes, c'est bien ce genre de questions.

– Voilà ton verre. Trouvons des places assises.

Nous prenons un escalier mécanique pour gagner un autre niveau. Nous longeons ensuite un couloir qui s'ouvre sur un espace bondé. Des milliers de fans recherchent les meilleures places.

– Allons là-bas.

Aiden m'entraîne vers un coin de la salle et je le suis tandis qu'il grimpe quelques marches raides pour trouver deux sièges vides. Je regarde le parterre en me tenant à la balustrade. J'ai peur de trébucher et de tomber dans l'escalier. Je ne veux pas voir à quelle hauteur nous nous trouvons car j'ai peur du vide.

– Il y a des sièges libres là-bas.

Il désigne quelques places plus loin et j'étouffe une plainte. Mes pieds me font déjà mal dans mes talons trop hauts et trop serrés, et mes mollets me tirent aussi après toutes les marches que nous avons montées. Je n'ai pas vraiment envie de redescendre encore pour remonter après. En fait, cela m'angoisse. Et je crains de ne pas être très sexy avec le visage en sueur à cause de tous ces va-et-vient.

– Ça te va ?

Aiden me jette un regard, puis se dirige vers l'escalier.

– Ouais, super !

Honnêtement, je m'en moque. J'adore Sam Smith et je suis ravie d'assister à son concert, mais je sais que je ne penserai plus qu'à Aiden dès que les lumières s'éteindront. Je me demande déjà s'il va tenter quelque chose. Est-ce qu'il va me caresser la jambe ? Est-ce qu'il va m'asseoir sur ses genoux ? Allons-nous nous embrasser ? Je suis tellement excitée par toutes ces possibilités que je suis incapable de penser à autre chose. Ce qui est une bonne chose car cela me fait oublier l'horrible douleur bien réelle que m'infligent mes chaussures. Je ne sais pas pourquoi je m'obstine à essayer de porter des talons. Mes pieds finissent toujours par me torturer et me donner des envies de meurtre. Je sais qu'en tant que femme, je suis supposée supporter cette douleur, prix à payer pour avoir de longues jambes. Des jambes sexy d'allumeuse qui mettent les hommes à genoux, mais bon sang, c'est dur. Une partie de moi se dit que cela n'en vaut pas la peine ; cette même partie qui se demande s'il est indispensable de porter un string qui rentre dans les fesses. Et je me sens également mal à l'aise dans le soutien-gorge serré et le corset qui comprime mes bourrelets. Je ne sais même pas pourquoi j'essaie de donner l'illusion de ne pas avoir de kilos en trop. Aiden connaît la vérité : il sait que j'ai un peu de ventre. Il le sait et s'en moque. Il me trouve sexy comme je suis.

– Alors, tu as été surprise ?, me demande Aiden pendant que nous attendons le début de la première partie.

– Que tu m'emmènes à San Francisco pour notre premier rendez-vous ? Oui. C'est le meilleur des premiers rendez-vous. Je ne pense pas que beaucoup de mecs puissent rivaliser.

– J'espère surtout qu'il n'y aura pas d'autres mecs !

Mon cœur fait un bond dans ma poitrine. Il m'a presque demandée en mariage. Bon d'accord, pas exactement, mais vous voyez ce que je veux dire. J'aimerais envoyer un message à Liv pour lui demander ce qu'elle en pense, le moment est mal choisi.

– L'avenir nous le dira, je réplique avec désinvolture.

– Vraiment ? Tu as d'autres premiers rendez-vous en cours ?

– Henry m'a proposé d'aller prendre un café.

– Est-ce que tu veux que je te prenne sur mes genoux, là, tout de suite ?, me murmure-t-il à l'oreille. Parce que je suis capable de le faire.

– Pardon ?

– Je vais te mettre sur mes genoux et te donner une fessée. (Ses doigts remontent le long de ma jambe.) Je vais frapper ce cul, puis le caresser, et tu seras tellement mouillée que tu ne voudras même pas rester au concert.

– Tu en as envie ?, je demande, le souffle coupé tandis qu'il glisse ses doigts entre mes jambes. Aiden, non. (Je repousse sa main.) Il y a des gens.

– Tu sais bien que je n'en ai rien à foutre d'être vu. Si tu veux t'asseoir sur mes genoux et me chevaucher, je suis partant.

– Pour que l'on nous jette en prison pour avoir baisé en public ?

– Chiche !

– Je ne pense pas que ce soit une riche idée.

– Quel jour dois-tu voir Henry ?, demande-t-il, soudain plus sérieux.

– Je ne sais pas encore. Pourquoi ?

– Parce que je t'accompagne.

– Ce n'est pas nécessaire.

– Je le sais, mais je viens quand même. (Il m'embrasse avec fougue.) Je veux m'assurer qu'il sait que tu es à moi.

– Je ne suis pas ta propriété.

– Tu es mienne, et je veux que tout le monde le sache.

– Vraiment ?

– Je l'espère, répond-il doucement en me prenant la main. Tu veux bien être ma petite amie, Alice ?

– Je pensais que tu ne me le demanderais jamais.

Il m'attire vers lui et m'embrasse.

– Je veux que tu restes avec moi ce soir.

– Tu te crois irrésistible ?

– Je ne suis pas le seul à le penser.

– Aiden… (Je saisis son visage dans mes mains et je l'embrasse passionnément.) En effet, tu n'es pas le seul. La différence avec moi, c'est que je ne fais pas que penser que je suis irrésistible, je sais que je le suis.

– Bien, alors, ce sera toi le professeur, ce soir. Peut-être que tu peux m'apprendre quelques trucs.

– Si tu veux m'allonger, il va falloir que tu m'obéisses et que tu écoutes.

– Je t'allonge tout de suite, si tu veux.

– Tu aimerais bien, hein ?

Je pose un doigt sur ses lèvres tandis que George Ezra qui assure la première partie arrive sur scène et que la foule crie et commence à applaudir.

15.

Le cœur d'un ours en peluche

– Hier soir, c'était génial, dis-je à Aiden au petit-déjeuner. C'est le meilleur week-end d'anniversaire que j'aie passé.

– Sérieux ?

– Je te le jure. Sam Smith est étonnant en *live*. Encore plus que je croyais. Je n'arrive pas à croire que tu aies eu des billets et que nous soyons venus en avion jusqu'ici. Cela a dû coûter une fortune !

– Je peux faire mieux.

Une fois de plus, je voudrais hurler et appeler Liv. Je me fais des idées ou il a quelque chose en tête ? Bien sûr, il ne va pas me faire sa demande ce week-end (quoique, si c'était le cas, je ne dirais pas non), mais j'ai l'impression que cela pourrait venir bientôt.

– Ah bon ?

– Allons au *Ferry Building*. J'ai entendu dire qu'il y a un café, le *Blue Bottle*, qui est sympa, et il y a aussi des sandwiches au fromage chez *Acme Bakery*. Je sais que tu adores le pain français.

– Oui, allons-y !

– Et si tu es sage, je t'achèterai un cupcake chez *Miette*.

– C'est quoi ?

– Un très bel endroit juste à côté du *Blue Bottle*.

– J'adore ce programme ! Mais une chose...

– Oui ?

– On pourra prendre un taxi pour rentrer ? Je n'ai pas vraiment envie de refaire à pied le même chemin en sens inverse, dis-je en considérant la pente que nous venons de descendre.

– Pas de problème. Il y a d'autres possibilités pour faire de l'exercice ce soir.

– Ah oui ?

Nous poursuivons notre marche dans un silence réconfortant. Je regarde autour de moi avec intérêt. C'est la première fois que je viens à San Francisco ; c'est vraiment une belle ville. Elle me rappelle un peu New York, les collines en plus.

– Regarde, un marché d'artisanat ! (Je m'approche d'un type qui vend des peintures.) Elles sont originales.

– Merci, répond l'homme pendant que je le regarde peindre.

– Il est doué.

– Tu en veux une ?

– Non, non.

Je le tire par la main. Je ne veux pas qu'il me couvre de cadeaux. Nous continuons à déambuler parmi les différents stands, et arrivons à une femme en train de coudre ce qui semble être des ours en peluche. Je regarde les lapins faits à la main, les chouettes, les ours et mon cœur fond devant toutes ces peluches mignonnes et étonnantes.

– Ils sont vraiment réussis.

– Merci, je les fais moi-même à la main. J'utilise de vieux chandails et j'ajoute du feutre.

– Oh, c'est super !

Je sais que je suis trop vieille pour m'acheter un ours en peluche, mais j'en veux vraiment un.

– Vous cherchez un cadeau ?

– Non, c'est pour moi.

– Tiens tiens, mais qui vois-je ? (Aiden me rejoint et sourit à la dame.) Bonjour.

– Bonjour. C'est votre mari ?, me demande-t-elle.

– Oh, non. C'est mon…

Je me tais en regardant Aiden. Je suis légèrement embarrassée de le présenter comme mon petit ami.

– Je suis son petit ami. (Il me prend la main et la serre.) C'est mon insupportable fiancée.

– C'est ça. Nous devrions y aller.

– Non, attends. Je veux t'en acheter un.

– Non, Aiden, c'est inutile.

– J'en ai envie.

Il attrape un petit ours rouge au visage jaune avec un gros nez noir. Il a un cœur vert à carreaux sur le ventre avec des coutures rouges tout autour. Il est absolument adorable.

– On prend celui-là ? (Il me le tend puis se tourne vers la dame.) Je vous dois combien ?

– Vingt-huit dollars, s'il vous plaît.

– Merci. Mais tu n'avais pas besoin de m'acheter quelque chose.

– Ça me fait plaisir, me répond-il en m'attirant vers lui. Cet ours, c'est moi, et le cœur qui couvre le devant de son corps, c'est mon cœur et l'amour que j'ai pour toi.

– L'amour que tu as pour moi ?

– Oui, l'amour, répète-t-il en plongeant ses yeux dans les miens. Tu as toujours été la seule,

Alice. Je t'aime et je veux que tu le saches. Mon cœur ne bat que pour toi.

– Je t'aime aussi. Même si mon cœur bat aussi pour vivre.

Il éclate de rire et m'embrasse.

– Je ne t'ai pas emmenée ici parce que Liv ne pouvait pas assister à ton anniversaire. En réalité, si Liv n'était pas disponible, c'est parce que je lui ai demandé de partir. Je lui ai expliqué que je voulais t'emmener à ce concert et passer le week-end avec toi.

– Je n'en savais rien. C'est tellement romantique ! Merci, Aiden.

– C'est le moins que je pouvais faire. Tu m'as emmené dans un sex-shop SM pour s'amuser. Il fallait que j'assure pour ton anniversaire !

– Eh bien, tu as merveilleusement réussi. C'est parfait !

Je l'embrasse sur la joue.

– Le meilleur est à venir. J'ai aussi un gâteau étonnant pour toi.

– Ah ?

– Tu pourras le manger lorsque nous serons rentrés à l'hôtel.

– Quelle magnifique journée !, je m'exclame à notre retour à l'hôtel.

Je tiens l'ours contre mon cœur.

– Elle n'est pas encore terminée. Il y a encore ton gâteau d'anniversaire et une autre surprise.

– Quelle surprise ?

– Va dans la salle de bains et attends dix minutes avant de ressortir. Tu verras.

– D'accord. Dix minutes ?

– Oui. Et n'essaie pas de regarder.

– Promis.

Je me précipite dans la salle de bains en riant. Je me demande ce que peut bien être la surprise. J'ai du mal à tenir en place. Je regarde ma montre : une seule minute est passée.

– Je peux sortir ?

Les dix minutes les plus longues de ma vie. J'ouvre enfin la porte.

– Je sors, préviens-je. Aiden ?

La chambre est plongée dans le noir.

– Attends, j'ai oublié d'allumer la bougie. (Il fait un geste vers la table de nuit.) Le briquet est là. Tu peux l'allumer pour moi, s'il te plaît ?

– D'accord. Oh, Aiden !

Une lumière chaude envahit la chambre. Aiden est allongé nu sur le dos. Il a des fraises disposées sur le torse, recouvertes de crème fouettée et de chocolat. Je baisse les yeux et j'ai le souffle coupé : il a aussi de la crème fouettée sur son sexe.

– C'est quoi ça ?, dis-je en riant.

– Joyeux anniversaire, entonne-t-il. C'est l'heure de goûter à ton gâteau.

– C'est toi mon gâteau ?

– Je suis assez bon pour être mangé. Il est tout à toi.

– C'est délicieux. Tu ne veux pas goûter ?

Je lèche à nouveau la crème et je me passe la langue sur les lèvres.

– Laisse-moi d'abord enlever mes vêtements pour ne pas les salir.

– C'est plus sage. Et oui, moi aussi j'ai faim. J'espère que tu me laisseras quelques fraises à croquer.

– Il faut voir.

– Il me reste de la crème fouettée.

– Hummm, alors tu devrais peut-être manger d'abord.

– Tu veux que je commence à manger ?

Il commence à se redresser avec enthousiasme, mais je le repousse.

– Je commence, merci.

Je l'embrasse et le rejoins sur le lit. Je presse mon corps nu contre le sien et je sens le mélange de crème sur ma peau.

– C'est bizarre !, je m'exclame en lui léchant le cou.

Je suce doucement ses tétons, jouant avec ma langue avant de descendre le long de son corps. Je goûte sa bite comme s'il s'agissait d'un banana split – c'est la banane la plus délicieuse que j'aie jamais mangée. Aiden gémit sous ma langue puis me retourne sur le dos, écarte mes jambes pour s'enfoncer en moi.

Je sens sa langue glisser vers mon clitoris. Je crie, incapable de me retenir tandis que des vagues de plaisir me submergent.

– Tu es meilleure qu'un gâteau, me dit Aiden en m'embrassant après que j'ai joui sur son visage.

– Et toi, tu as une langue absolument extraordinaire. (Je le maintiens contre moi.) Tu devrais peut-être recevoir le titre de nouveau Mister Tongue.

– Je préférerais un nouveau nom.

– Que penses-tu de Mister Big ?

– Ça me plaît.

– Non, il y a un Mister Big dans *Sex in the City*. Que dirais-tu de Mister Cocky ?

– On n'a qu'à dire Mister Big Cocky.

– Ou Mister Big Dick ?

– Et Mister Pleasure ?, propose-t-il en me léchant les lèvres.

– Ça me plaît.

– Je suis donc ton Mister Pleasure et j'ai toute la nuit devant moi, déclare-t-il en me faisant rouler sur le dos. Prête pour le premier round ?

– Oh que oui !

Je crie tandis qu'il me prend rapidement et profondément. C'est sans aucun doute le meilleur de mes anniversaires.

16.

Le début d'un monde merveilleux

– Tu es là ?

Liv arrive en courant dans ma chambre sitôt rentrée.

– Oui. (Je me relève pour l'embrasser.) Nous sommes rentrés il y a environ une heure.

– Aiden n'est pas là ?, demande-t-elle, visiblement déçue.

– Non, Mister Pleasure n'est pas là.

– Mister Pleasure ? S'il te plaît, épargne-moi ça.

– C'est son nouveau nom parce que…

– Non, non, non. Stop.

– Quoi ? Je n'ai encore rien dit !

– Je ne veux pas savoir les trucs dingues que mon frère fait avec son pénis.

– Des trucs incroyables, en fait. Allons dans la cuisine prendre un chocolat chaud et je te raconte tout de ce week-end, mis à part le nombre de fois où nous…

– Non ! (Liv se bouche les oreilles.) Je ne veux pas savoir combien de fois vous avez fait l'amour.

– J'allais dire combien de fois nous nous sommes dit « je t'aime ».

– Quoi ? (Elle crie et me prend dans ses bras.) C'est le scoop du jour ! Je n'arrive pas à croire que vous vous soyez déjà dit « je t'aime » !

– Et il m'a offert un ours en peluche. C'était génial !, dis-je en fermant les yeux pour revivre notre week-end.

– Je n'arrive pas à croire que mon frère, Monsieur Qui-a-un-balai-dans-le-cul, t'ait dit qu'il t'aimait.

– Il m'a dit qu'il avait un faible pour moi depuis un moment. Comme moi. Il a dit qu'il ne voulait rien précipiter ni me mettre la pression pour commencer une relation, parce qu'il voulait être sûr de ses sentiments pour moi. Il voulait savoir si c'était une Alice adulte qui prenait la décision, et non une Alice gamine.

– Il n'a pas dit ça ?, dit-elle en levant les yeux au ciel.

– Je ne pouvais pas le croire non plus. Je voulais lui demander ce qu'il entendait par une Alice gamine, mais je n'ai rien dit. Je ne voulais pas gâcher le bain.

– Le bain ? Tu veux dire le moment ?

– Cela s'est passé dans le bain que nous avons pris ensemble après avoir dégusté mon gâteau d'anniversaire.

– Oh, c'est trop mignon ! Il t'a offert un gâteau ?

– En quelque sorte.

– Qu'est-ce que tu veux dire ?

– Eh bien, il m'a donné la garniture : la crème fouettée, les fraises, la crème au chocolat et puis il a tout disposé sur la base.

– Quelle base ? Oh, mon Dieu ! C'était lui, la base du gâteau, c'est ça ?

J'acquiesce en ouvrant le réfrigérateur.

– Le meilleur gâteau d'anniversaire que j'aie jamais mangé.

– Je ne peux pas croire que mon frère ait eu l'audace de faire office de gâteau.

– Pourquoi ?

– Bon, d'accord, je peux vraiment croire qu'il l'ait fait. Tu veux des biscuits ?

– Tu as des sablés ?

– Qui viennent directement d'Écosse, ma chère.

– Ouais ! (Je sors deux tasses et verse le chocolat chaud.) Je n'ai jamais été aussi excitée, Liv. Je suppose que c'est ce que tu ressens lorsque tu es avec Xander.

– C'est fou, non ? Parfois, je ne peux pas croire à la chance que j'ai.

– Tu sais, lorsque vous vous êtes fiancés, toi et Xander, j'ai été un peu jalouse. Je me sentais mal, je me demandais si cela m'arriverait un jour. Est-ce que je rencontrerais quelqu'un qui m'aime tellement qu'il voudrait m'épouser ?

– Je suis désolée que tu aies pensé ça, dit tristement Liv.

– Ne sois pas désolée. C'était égoïste de ma part de penser ça à ce moment-là. Mais c'est pourtant ce qui est arrivé et cela m'a inquiétée. Tout ce à quoi je pouvais penser, c'était que je ne saurais même pas quoi faire si au bout du compte, Aiden ne m'aimait pas vraiment. J'ai connu d'autres garçons, mais il a toujours été le seul et unique dans mon cœur.

– Alice, tu sais à quel point tu es spéciale. Si cela n'avait pas été Aiden, cela aurait été un autre garçon génial.

– Un autre garçon génial n'aurait pas été Aiden.

– Et la fille avec laquelle il aurait fini n'aurait pas été toi.

– Comment j'ai pu faire pour avoir cette chance de t'avoir comme meilleure amie ?

– Je pense que c'était écrit. Je pense que nous étions destinées à être les meilleures amies pour que tu puisses rencontrer mon frère et devenir ma belle-sœur.

– Si Aiden et moi nous nous marions.

– Oh, vous allez vous marier. J'en suis certaine.

– Oh non ! Cela veut dire que Gabby sera aussi ma belle-sœur.

– Ne dis pas de gros mot comme ça ! (Elle rit en prenant une tasse.) Allons au salon pour regarder la télévision en bavardant.

– Bonne idée.

Je la suis et nous nous installons confortablement sur le canapé.

– Tu vas me manquer lorsque tu auras déménagé.

– Tu me manqueras aussi.

Nous nous regardons pendant quelques secondes. La sonnette nous fait sursauter.

– Qui est-ce ?, je demande le cœur battant, espérant que c'est Aiden.

– Aucune idée. Je croyais que Xander rentrait chez lui.

Nous nous précipitons vers la porte alors que la sonnette retentit à nouveau.

– Ce doit être Aiden. Il n'y a que lui pour être aussi impatient et sonner à la porte plusieurs fois de suite.

Je m'exclame en ouvrant la porte : Aiden et Xander se tiennent sur le seuil. Aiden me regarde avec une expression de désir sur son beau visage.

– Bonjour.

Il me soulève pour m'embrasser.

– Nous ne voulions pas laisser toutes seules nos deux filles préférées. Et puis, je voulais vous éviter des ennuis.

– Quel genre d'ennuis pourrions-nous avoir un dimanche soir, Aiden ?

– Vous connaissant, toutes sortes d'ennuis, rétorque Xander en riant tandis que Liv lui donne une tape sur l'épaule.

– Nous allions regarder la télévision, en fait. Et nous buvions un chocolat chaud, dis-je en embrassant Aiden.

– J'adore le chocolat, réplique-t-il en me suçant la lèvre.

– On est au courant, dit Liv en s'éclaircissant la gorge.

– Tu lui as déjà raconté ? Alice !

– Quoi ? Elle est ma meilleure amie.

– Et c'est aussi ma sœur.

– Il faut que je félicite Papa et Maman.

– Les féliciter pour quoi ?

– Pour avoir créé Mister Pleasure.

Aiden rougit.

– Je vais te tuer, Alice. Je ne plaisante pas.

Il glisse les doigts sous mes bras et commence à me chatouiller.

– Pas ça !

J'essaie de le repousser. Je me tortille tandis que ses mains poursuivent leur assaut.

– Aiden, s'il te plaît ! (Je tente de retenir sa main.) Je ne lui dirai plus rien.

– Menteuse. (Il me pince le nez.) Si tu continues à mentir, il va grandir.

– Je ne mens pas. Bon, d'accord, je lui raconterai des trucs…

– Je suis là, je vous signale. Je vous entends.

– Nous devrions peut-être les laisser, dit Xander en attrapant Liv par la taille. Si on allait dans ta chambre ?

– Pas question. Alice et moi avions prévu de regarder la télévision et de discuter. Si vous voulez rester, vous pouvez regarder la télévision avec nous.

– On est obligé ?, demande Aiden en faisant la grimace. J'avais prévu des choses plus excitantes.

– Elles devront attendre. (Je souris à Liv.) Nous avons prévu une soirée entre filles. Si vous voulez rester, il faut participer.

– Cela veut dire quoi ?

– Que je vais te faire les ongles. (Liv lui attrape les mains.) Je te laisse choisir la couleur du vernis.

– Huum, râle Xander avec le sourire. Il va me falloir une bière, voire tout le pack !

– Tout de suite. Et toi, tu veux quelque chose ?

– Faire l'amour avec toi ?, me murmure-t-il à l'oreille.

– Aiden ! Veux-tu boire quelque chose ?

– Ta sève ?

Je lui donne une tape sur l'épaule.

– Va rejoindre Xander dans le salon.

– Absolument. (Liv pointe le doigt vers son frère.) Tu ferais mieux d'obéir.

– Sinon quoi ?

– Je te montrerai ce qui arrive aux garçons qui ne sont pas sages. (J'attrape sa chemise et je l'attire vers moi.) J'ai acheté une tapette sur Internet et elle est arrivée pendant que nous étions à San Francisco.

– Une tapette ?

Ses yeux brillants se posent sur moi.

– Et je n'ai pas peur de m'en servir.

– J'espère que tu ne crains pas non plus de la sentir. Parce que ma main me démange de te donner une bonne fessée tout de suite.

– Vraiment ? Je doute que cela se produise ce soir. Parce que je prévois de t'attacher au lit.

– Je vais te taquiner jusqu'à ce que tu m'implores de te prendre.

– Et si je t'implore tout de suite ?, me demande-t-il en m'attirant vers lui pour que je sente son sexe dur contre mon ventre. Et si je te demande de me prendre tout de suite ?

– Cela n'aura aucun effet. C'est moi qui commande, maintenant. Nous irons au lit quand je le déciderai, dis-je en lui donnant un baiser rapide avant de m'éloigner.

Il en reste bouche bée et je retourne dans le salon en me déhanchant. Aiden est rayonnant. Je rejoins les autres, tout excitée. C'est vraiment le début de quelque chose de merveilleux et d'audacieux entre nous.

17.

Attendre fait partie du jeu

– Pas de Monopoly ce soir, décrète Liv alors que nous prenons place autour de la table chez ses parents.

Cela s'adresse surtout à Aiden.

– Très bien, répond-il en me tenant la main sous la table. À quoi on joue, alors ?

– Cela m'est égal. À quoi veux-tu jouer, Elizabeth ?

– Quoi, moi ? (Elle rougit.) Je suis simplement heureuse d'être là. Votre invitation m'a étonnée. Je ne savais pas trop ce que tu penserais en me voyant ici, ajoute-t-elle à mon intention.

– Oh, aucun problème. Tu as joué ton rôle, mais tu as toujours été gentille. Je suis contente que tu sois là. Liv et moi avons besoin d'une autre fille dans le groupe.

– Merci. Je suis tellement contente d'être là. C'est sympa de se faire de nouveaux amis.

– Je pensais que c'était facile pour toi de te faire des amis, dit Scott avec un regard étrange.

– Je suis contente de t'avoir donné cette impression, répond-elle en le regardant fixement.

– Nous avons tous eu cette impression, non ?

Scott regarde autour de lui ; il semble légèrement contrarié. Liv et moi échangeons un regard. Que se passe-t-il entre eux ?

– Je serais ravi de te faire visiter les alentours, dit Henry qui est assis à côté de Scott.

Ses yeux verts la regardent avec chaleur. Il est clair qu'il est inconscient de la tension qui règne dans la pièce. Comme d'hab avec les mecs !

– Oh, merci. Avec plaisir.

– Je suis sûr que cela va te plaire, commente Scott avant de descendre sa bière. Alors, on joue à quoi ?

– Laissons le choix à Liv et à Xander. C'est leur soirée jeux, je propose.

– Ouais, je suis d'accord, dit Chett avant de se lever d'un bond. Désolé, mais je viens de me rappeler qu'il y a une course NASCAR. Je vais vérifier. Maman et Papa sont allés se coucher, alors je peux changer la chaîne.

– Chett ! C'est bon, va regarder ta course de voitures.

– Moi au moins, je suis là. Gabby n'a même pas daigné faire une apparition.

– Ce n'est pas vraiment surprenant…

Liv rit et Xander s'essuie le front.

– Ce n'est pas moi qui vais m'en plaindre. J'ai eu ma dose avec Gabby !

– Je sais. (Liv tape dans ses mains.) Jouons à action ou vérité.

– Ok. Tout le monde joue ?, demande Aiden.

– Ouuuiii, répondons-nous d'une seule voix.

– Bien. Mettons-nous en rond. Je commence à poser les questions, Elizabeth est la première et après nous tournons, d'accord ?, annonce Liv.

– D'accord.

– Bon, action ou vérité ?

– Vérité. J'espère que je ne vais pas le regretter, dit Elizabeth en faisant la moue.

– Pourquoi as-tu accepté ce travail de fausse petite amie ?, demande Liv.

La question me surprend, même si je me la suis également posée.

– Parce que j'avais besoin d'argent. (Elle me regarde.) J'ai perdu mon travail et c'est la première proposition que j'ai reçue. Il faut bien que je paye mon loyer. En plus, Aiden ne semblait pas louche, et lorsqu'il m'a expliqué qu'il voulait vérifier si la fille qu'il aimait tenait vraiment à lui ou si elle jouait avec ses sentiments, j'ai craqué pour lui d'une certaine manière. Et puis j'ai rencontré Alice et j'ai su qu'ils étaient faits l'un pour l'autre. J'avoue que je me suis sentie mal, surtout lorsque j'ai eu ces marques de menottes sur les poignets. Je me disais que cela allait trop loin, je pense qu'Aiden s'est laissé un peu emporter.

– C'est vrai, acquiesce-t-il avant de m'embrasser sur la joue. Je voulais voir jusqu'où je pouvais te pousser. Je suis désolé. J'avais juste besoin de savoir ce que tu allais faire. En fait, cela m'a plu de te voir jalouse.

– Tu es horrible !

– Je sais. Je te demande pardon.

– Bon, tout le monde écoute. C'est au tour d'Elizabeth. Les garçons, vous aurez votre chance plus tard.

– Désolée.

– Est-ce que tu as trouvé un nouveau travail ?, lui demande Liv.

– Pas encore. Je continue de chercher, soupire-t-elle.

– Je peux peut-être t'aider, intervient Scott. Je cherche quelqu'un pour m'aider.

– Vraiment ?, répond-elle, dubitative.

– Ouais, nous en parlerons plus tard.

– D'accord.

Liv me regarde avec un grand sourire. Le jeu continue pendant quelques tours ; nous choisissons presque tous les actions. Il y a une tension palpable au moment où Xander défie Henry d'embrasser Elizabeth. Si Scott avait eu une mitraillette à la place des yeux, il aurait tué Xander et Henry.

– Ok, à toi Aiden. Action ou vérité ?

– Vérité.

Liv réfléchit un instant.

– Quand as-tu compris que tu avais un faible pour Alice ?

Mon cœur se met à battre plus fort. C'est une question que je me pose depuis longtemps, sans jamais avoir osé le lui demander.

– Ah… J'aurais dû me douter que cette question allait venir, dit-il en me regardant.

– Réponds, s'il te plaît.

– J'ai su pour la première fois que j'étais en train de tomber amoureux d'Alice il y a quelques années. C'était l'été qui a suivi mon diplôme universitaire. J'étais dans la cuisine avec Maman et tu es arrivée comme un soleil, tu m'as fait un grand sourire et j'en ai eu le souffle coupé. Je me souviens être resté là à te dévisager et à penser que tu étais devenue une très jolie fille.

– Ouah !

Je revois parfaitement la scène et je suis touchée d'entendre que les émotions et les sentiments que j'avais ressentis cet été-là n'étaient pas simplement le fruit de mon imagination, mais qu'ils étaient bien réels, au contraire.

– C'est là que j'ai su qu'Alice était LA femme. (Il a un rire gêné.) Cela fait sentimental, non ?

– Non. Alors tu savais avant que je ne me glisse dans ton lit ?

– Glisse dans ton lit ?, relève Henry, amusé. C'est quoi, cette histoire ?

– Pas maintenant, Henry, dit Xander en faisant un signe de la tête à son frère.

– Oui, répond Aiden en souriant. Je savais que tu me plaisais avant ce soir-là.

– Je ne le savais pas. Comment ai-je pu l'ignorer ?, dis-je, stupéfaite.

– Pourquoi crois-tu que je ne t'ai pas repoussée lorsque tu t'es glissée dans mon lit ? Je ne suis pas un garçon facile !

– Contente de te l'entendre dire. (Je me blottis dans ses bras.) J'avais tellement peur de tomber amoureuse de toi. Je craignais tellement de tout gâcher. Tu es le frère de ma meilleure amie et j'ai pensé que je compromettais tout cette nuit-là, d'autant plus que tu ne m'en as jamais reparlé depuis.

– Tu étais trop jeune, Alice. Je voulais que tu sortes avec d'autres garçons, que tu ailles à l'université et que tu voies ce que tu ressentais après avoir connu d'autres expériences. Je ne voulais pas commencer quelque chose avec toi, que tu le regrettes après et que tu changes d'avis. Je ne sais pas si j'aurais pu le supporter.

– Je comprends. Merci, dis-je en l'embrassant.

– Ouah ! Qui aurait dit que mon grand frère était si sentimental ? Maintenant, nous sommes une seule et même grande famille.

– Pas tout à fait. Ne brûle pas les étapes, Liv, rectifie Xander.

– En effet, pas encore. (Aiden me serre la main puis caresse mes cheveux.) Nous serons une même et unique famille officielle un jour.

– Je vais être Miss Pleasure un jour ?

– Je le pense. Tant que tu réussis tous les tests.

– Des tests ?

– Tu sais. Nos tests spéciaux.

– Je suis prête à passer un examen tout de suite, je propose en caressant sa cuisse.

– Je suis prêt à te faire passer le test.

– Ça suffit, vous deux ! (Liv lève les mains.) Ce jeu-là est réservé aux adultes. Allez ailleurs pour vos soirées X.

– Ne t'inquiète pas pour ça, petite sœur. J'ai déjà organisé notre première nuit classée X.

– Où ça ?, je demande, émoustillée.

– Patience, tu verras. L'attente fait partie du plaisir.

Épilogue

Vous savez lorsque le moment est venu

Je me suis toujours demandé comment je saurais que j'avais rencontré LE garçon de ma vie. Je me demandais ce qu'était le véritable amour. Je peux vous dire aujourd'hui qu'une fois que vous l'avez trouvé, vous ne vous posez plus la question. Quand vous rencontrez l'amour, le vrai, vous le savez au fond de vous. Vous le savez rien qu'aux émotions qui vous submergent en contemplant le visage aimé. Quand vous l'avez trouvé, vous ne vous demandez plus s'il est bien réel, vous cherchez juste à le garder. Quand vous avez trouvé LA personne, vous comprenez enfin ce que signifie être comblée.

– Tu sais combien je suis heureux, Alice ? Tu sais combien je t'aime ?

– Oui, je sais parce que je ressens la même chose, lui réponds-je, allongée près de lui dans le lit.

– Nous avons vraiment de la chance.

Je glisse la main sur son torse et je soulève la tête pour le regarder.

– Je n'arrive toujours pas à croire que tu aies fait semblant d'être un dominateur.

– Et moi je n'arrive pas à croire que tu m'aies pardonné si vite. (Il me pince les fesses.) C'est parce que je suis irrésistible ?

– C'est uniquement parce que j'ai été moi-même un peu frivole par le passé. Mais refais un coup comme ça et tu vas vraiment devoir te faire pardonner.

– J'ai déjà demandé pardon, non ?

– Parce que tu aimes m'attacher et me donner des fessées ?

– Parce que je t'ai laissée m'attacher aussi. Et parce que je t'ai laissée me persuader d'aller dans un salon de massages en couple.

– Tu es venu parce que tu pensais que nous ferions l'amour dans la piscine.

– Comment je pouvais deviner qu'il y aurait cinq autres couples dans la piscine ? Ce n'était pas sexy.

– C'était amusant et cela nous a détendus.

– C'est vrai. (Il m'attire vers lui et m'embrasse sur la tempe.) Je me sens toujours détendu lorsque je suis avec toi.

– Vraiment ?

Je me blottis contre lui.

– Oui. Ta présence me détend et me rend heureux, Alice. Tu es tout pour moi. Tu es la meilleure chose qui me soit jamais arrivée.

– Tu dis ça parce que j'ai réservé une chambre au *Kat's Corner* la semaine prochaine.

– Tu n'es pas excitée à l'idée d'essayer la balançoire ?

Ses doigts effleurent mes lèvres.

– Tiens, à propos... J'ai une petite surprise pour toi.

– Vraiment ? C'est quoi ?

– Un cadeau d'anniversaire avant l'heure. (Je saute du lit et attrape un grand sac en plastique posé à côté de ma valise.) J'ai pensé que tu le voudrais plus tôt.

– C'est quoi ? (Il sort du sac une boîte qui contient une sangle.) Ouah ! C'est chaud, vraiment chaud, s'exclame-t-il avec un large sourire.

– Nous pouvons l'essayer maintenant, si tu veux ?

Je lui fais un clin d'œil. Il saute du lit et déchire la boîte pour l'ouvrir. En le regardant enfiler la sangle, je me dis que c'est ça être amoureux. C'est être audacieux et aimer s'amuser à deux. Je n'ai pas besoin de jouer avec Aiden, je n'ai pas besoin d'essayer de le rendre jaloux. Je l'aime et il m'aime, c'est suffisant. Entre nos aventures au lit et à l'extérieur, j'ai de quoi m'occuper.

– Il faut que tu tiennes les sangles et que tu passes les pieds là.

Aiden me tire vers lui en me soulevant légèrement pour que je puisse les enfiler.

– J'espère que cela ne va pas lâcher, dis-je en regardant le haut de la porte avec inquiétude.

– Ne t'en fais pas. Je serai là pour te rattraper si tu tombes. Je te rattraperai toujours, Alice. Je serai toujours là.

Et je me sens fondre tandis que ses yeux brillent juste avant de me pénétrer profondément.

Remerciements

À mes lecteurs Kathy Shreve, Cathy Reale, Cilicia White, Tanya Skaggs, Rebecca Kenmore, Kanae Eddings, Barbara Goodwin, Stacy Hahn, Katrina Jaekley, Elizabeth Rodriguez, Trisha, Emily Kirkpatrick, Kerri Long, Tianna Croy et Gwen Midgyett, merci à tous pour vos retours de lecture de ce roman. J'ai beaucoup apprécié votre aide pour améliorer certaines scènes.

À tous mes lecteurs, jeunes et plus âgés, merci d'avoir pris le risque de lire un de mes romans.

À Dieu, merci pour tous vos bienfaits.

Déjà paru

Liv & Xander

À paraître en septembre 2016

Elizabeth & Scott

Découvrez nos autres romans féminins

Seriez-vous prête à échanger votre vie
avec celle de votre meilleure amie ?

Et si votre vie virtuelle devenait réalité ?

Dépôt légal : juin 2016 – Numéro d'impression : 1603.0275
Achevé d'imprimer en France par Aubin Imprimeur